Elizabeth von Arnim, geboren am 31. August 1866 in Sydney, starb am 9. Februar 1941 in Charleston/South Carolina.

Der Erfolg ihres Erstlings *Elizabeth und ihr Garten* war überwältigend – elf Auflagen im ersten Jahr des Erscheinens. Begeisterte Kritiken beflügeln Elizabeth von Arnim, und so beginnt sie sofort ihre Arbeit an einer Art Fortsetzung: *Einsamer Sommer* erscheint 1899 und wird ebenso positiv aufgenommen.

Einmal einen Sommer lang allein sein, ohne Gäste und Verpflichtungen, jeden Morgen aufwachen und nur sich gehören, wie herrlich erscheint Elizabeth diese Vorstellung. – Es war der Abend des 1. Mai, und der Frühling hatte seinen Einzug in Elizabeths Garten gehalten. Wie gern möchte die Gutsherrin mit ihren Gärtnern tauschen – graben, jäten, gießen, pflanzen, das Gras mähen. Wie ärgerlich nur, daß sie nicht das »richtige Geschlecht« hat! Vorerst muß sie sich damit begnügen, die Schönheit, die Idylle ihres Gartens zu genießen – und wenn schon untätig, dann möglichst ungestört. Daß der Sommer dann doch nicht ganz so einsam wird, liegt auf der Hand...

Elizabeth von Arnim im Insel Verlag: *Alle meine Hunde*; *April, May und June*; *Ein Chalet in den Bergen*; *Christine*; *Einsamer Sommer*; *Elizabeth auf Rügen*; *Elizabeth und ihr Garten*; *Der Garten der Kindheit*; *In ein fernes Land*; *Jasminhof*; *Liebe*; *Priscilla auf Reisen*; *Die Reisegesellschaft*; *Sallys Glück*; *Vater*; *Vera*; *Verlobung in Luzern*; *Verzauberter April*; *Verzauberte Gärten*. Die Biographie *Elizabeth von Arnim* von Kirsten Jüngling und Brigitte Roßbeck zeigt die Erfolgsautorin, wie sie wirklich war (it 1840).

insel taschenbuch 2375

Elizabeth von Arnim

Einsamer Sommer

Elizabeth von Arnim

Einsamer Sommer

Roman

Aus dem Englischen von
Leonore Schwartz

Insel Verlag

insel taschenbuch 2375
Erste Auflage 1998

Hinweise zu dieser Ausgabe am Schluß des Bandes
Vertrieb durch den Suhrkamp Taschenbuch Verlag
Umschlag nach Entwürfen von Willy Fleckhaus
Satz: Fotosatz Otto Gutfreund GmbH, Darmstadt
Druck: Wagner GmbH, Nördlingen
Printed in Germany

1 2 3 4 5 6 – 03 02 01 00 99 98

Einsamer Sommer

Die Natur hat uns mit einer großen Fähigkeit beschenkt, uns mit uns selbst zu unterhalten, und fordert uns oft dazu auf, um uns zu lehren, daß wir uns zum Teil der Gesellschaft, dem größern Teile aber nach uns selbst schuldig sind.

Montaigne, Essais. II,18

Für den Grimmigen
mit einigen Entschuldigungen
und viel Liebe

Mai

2. Mai.

Gestern abend nach dem Essen gingen wir durch den Garten, und ich sagte: »Ich möchte einmal einen ganzen Sommer hier allein sein und in die tiefsten Tiefen des Lebens hinabsteigen. Ganz für mich sein, damit meine Seele sich entfalten kann. Es wird niemand eingeladen, um mir Gesellschaft zu leisten, und wenn doch jemand zu Besuch kommt, dann sagt man ihm einfach, ich sei ausgegangen oder verreist oder krank. Die ganzen Monate werde ich im Garten, auf den Feldern und in den Wäldern verbringen. Ich will sehen, was in meinem Garten geschieht und wo ich Fehler gemacht habe. An nassen Tagen gehe ich in den dichten Wald, dorthin wo die Kiefernnadeln immer trocken sind, und wenn die Sonne scheint, liege ich auf der Heide und schaue, wie der Ginster gegen den Himmel flammt. Wie glücklich werde ich sein; niemand wird mich mit seinem Trübsinn anstecken. Draußen auf dem flachen Land herrscht Stille, und wo Stille ist, ist auch Frieden – das ist mir inzwischen aufgegangen.«

»Paß auf, daß du keine nassen Füße kriegst«, sagte der Grimmige und nahm seine Zigarre aus dem Mund.

Es war der Abend des 1. Mai, und der Frühling hatte von mir Besitz ergriffen. Der Himmel war voller Sterne und der Garten voller Düfte und die Beete voll Goldlack und süßen, verschmitzt dreinblickenden Stiefmütterchen. Tagsüber war es windig gewesen, weiße Wolken waren unaufhörlich über das Himmelsblau gesegelt. Jetzt war es so still, so reglos, als hätte sich eine beruhigende Hand über den Garten gelegt und alles verstummen lassen.

Der Grimmige saß auf der untersten Stufe der Verandatreppe, nach dem Essen friedlich gestimmt, verträglich, wenn auch nicht gar zu verträglich, und ich stand vor ihm und lehnte mich an die Sonnenuhr.

»Wirst du ein Buch mitnehmen?« fragte er.

»Ja, das werde ich«, gab ich, von seinem Tonfall leicht gereizt, zurück. »Felder und Blumen, das muß ich zugeben, wollen mich immer etwas lehren. Aber ich bin nicht immer bereit zu lernen, und manchmal kann ich meine Augen nicht dazu bringen, Dinge zu sehen, die zu anderen Zeiten ganz klar sind.«

»Und dann liest du?«

»Dann lese ich. Nun, was hältst du davon?«

Doch er rauchte nur schweigend und schien plötzlich ganz vertieft in die Sterne.

»Schau«, sagte er nach einer Pause, während ich vor ihm stand und mir wünschte, er würde auch mal etwas Längeres sagen, und er in den Himmel blickte und mich überhaupt nicht beachtete, »schau, wie hell die Sterne heute abend sind. Fast als gäbe es Frost.«

»Es wird aber keinen Frost geben, und ich werde nicht hinschauen, bevor du mir nicht sagst, was du von meiner Idee hältst. Wäre das nicht herrlich, einen ganzen schönen Sommer ganz allein? Wäre es nicht geradezu traumhaft, jeden Morgen aufzustehen und zu spüren, daß man sich selbst gehört und keinem anderen?« Ich trat zu ihm, legte meine Hände auf seine Schultern und schüttelte ihn ein wenig, denn er starrte immer noch auf die Sterne, als wäre ich gar nicht vorhanden. »Bitte, Grimmiger, sag doch nur einmal etwas Richtiges«, beschwor ich ihn. »Du hast die ganze Woche noch keinen längeren Satz gesagt.«

Langsam löste er den Blick von den Sternen, sah mich an und lächelte. Dann zog er mich auf seine Knie.

»Nicht zärtlich werden«, drängte ich, »ich will Worte, keine Taten. Aber ich bleibe gern hier sitzen, wenn du nur redest.«

»Na gut, ich rede. Was soll ich sagen? Du weißt, daß du stets das tust, was dir gefällt, ich mische mich niemals ein. Ich für meinen Teil will diesen Sommer niemanden hierhaben, wenn du es nicht willst. Aber du wirst sehen, das wird ein langer Sommer.«

»Nein.«

»Und wenn du den ganzen Tag auf der Heide liegst, denken die Leute, du bist verrückt.«

»Was geht's mich an, was die Leute denken.«

»Ja, das ist wahr. Aber du wirst dir eine Erkältung holen, und deine kleine Nase wird anschwellen.«

»Laß sie anschwellen.«

»Und wenn es heiß ist, wirst du einen Sonnenbrand bekommen und deine Haut verderben.«

»Meine Haut ist mir egal.«

»Und du wirst dich langweilen.«

»Langweilen?«

Es belustigt mich, wie wenig der Grimmige mich wirklich kennt. Seit drei Jahren haben wir uns hier auf dem Land vergraben, und ich war die ganze Zeit glücklich wie ein Vogel. Ich sage wie ein Vogel, weil andere diesen Vergleich gebrauchen, um ungetrübte Fröhlichkeit zu beschreiben, obwohl ich keineswegs glaube, daß Vögel glücklicher als andere Geschöpfe sind, denn sie zanken sich ganz gräßlich. Sagen wir doch so: Ich bin so glücklich gewesen wie die glücklichsten Vögel, und zwischendurch gab es Zeiten des Alleinseins, in denen mein Gemütszustand alles andere als gelangweilt war. Es stimmt schon, das würde nicht jedem gefallen. Erst letzte Woche hatte ich Gäste, die nur knapp acht Tage blieben und augenscheinlich nicht viel Spaß daran hatten. Sie fanden es eintönig, doch das war ihre eigene Schuld. Wie kann man einen Menschen gegen seinen Willen glücklich machen? Man kann ihm eine Menge Schulwissen eintrichtern und all das, was Schulen sonst noch zu bieten haben, aber, wenn man es auch ewig versuchte, man kann einem Wesen, das nicht dazu neigt, nicht zum Glück verhelfen. Es kann nur passieren, daß man dabei sein eigenes verliert. Glück, soviel ist klar, muß von innen kommen, nicht von außen. Und wenn ich nach meinen früheren Erfahrungen und meinen gegenwärtigen Gefühlen urteile, so habe ich gerade jetzt einen reichlichen Vorrat davon, mehr als genug, um fünf stille Monate auszufüllen.

»Ich frage mich«, bemerkte ich nach einer Pause, in der der Verdacht in mir aufstieg, ich müsse wohl auch zu den dichtgeschlossenen Reihen der *femmes incomprises* gehören, »warum du glaubst, ich könnte mich langweilen. Der Garten ist immer schön, und ich bin fast immer in der Stimmung, ihn zu genießen. Zugegeben, vielleicht doch nicht immer, denn als die Schmidts hier waren (sie heißen nicht Schmidt, aber was macht das schon?), habe ich ihn fast gehaßt. Immer, wenn ich in den Garten ging, waren sie auch da und schlurften mit empörten und resignierten Gesichtern herum. Meinst du, sie hätten nur eins von den blauen Leberblümchen entdeckt, die gerade jetzt unter den Büschen aufblühen? Und als ich dann mit ihnen in die Wälder gefahren bin, wo die Frühlingsfeen so emsig jeden Ast mit kleinen grünen Edelsteinen behängten, haben sie die ganze Zeit nur von Berlin und den feinen Delikatessen geredet, die ihr neuer Koch zubereitet.«

»Na ja, mein Liebes, sie haben eben ihre Leckerbissen vermißt. Dein Garten ist zwar wundervoll, aber deine Köchin taugt nun mal nichts. Nach dem Essen sah der arme Schmidt manchmal ganz krank aus, und deine prächtigen Blumenarrangements konnten ihn auch nicht für das schlechte Essen entschädigen. Schick sie weg.«

»Sie wegschicken? Sei dankbar, daß sie da ist. Eine schlechte Köchin ist weitaus wirkungsvoller als Kissingen oder Karlsbad oder Homburg zusammen und dazu viel billiger. Solange ich sie habe, wirst du, mein lieber Mann, jedenfalls einigermaßen dünn und liebenswert bleiben. Der arme Schmidt, wie du ihn nennst, ißt viel zuviel von diesen köstlichen Leckereien, und dann schaut er sich seine Frau an und fragt sich, warum er sie eigentlich geheiratet hat. Laß du dich nur nicht bei so etwas von mir erwischen.«

»Das ist ziemlich unwahrscheinlich«, sagte der Grimmige; aber ob er es als Kompliment meinte oder lediglich darüber nachdachte, wie unmöglich es sei, sich an unseren ländlichen Speisen zu überfressen – das kann ich nicht sagen. Wie dem auch sei, ich habe etwas dagegen, im Garten in einer sternklaren Nacht über Köchinnen zu streiten, also erhob ich mich von seinem Schoß und schlug vor, einen kleinen Spaziergang zu machen.

Es war ein bezaubernder Abend, ein passender Abschluß für einen schönen 1. Mai. In der Dämmerung leuchteten Blumen wie blasse Sterne, die Luft war von süßen Düften erfüllt, und ich beneidete die Fledermäuse, die im Duft förmlich badeten, über sich die echten Sterne und unter sich die Sterne der Stiefmütterchen, und sie selbst waren lautlos und konnten – selbst wenn sie gewollt hätten – den herrschenden Frieden nicht stören. Die Engländer haben viel Schönes über den ersten Mai geschrieben, welches bei einem Ausländer die Vorstellung von Blumensträußen und Girlanden und Dorfangern weckt, von mit Bändern bekränzten Burschen und Mädchen und Lämmern und allgemeiner Ausgelassenheit. Ich war einmal am 1. Mai in England, und wir saßen zitternd am Feuer und lauschten stumm dem Nordostwind, der die Straße herunterfegte, und dem Hagel, der an die Fenster prasselte, und die Freunde, bei denen ich zu Besuch war, sagten, so sei es sehr oft, und sie hätten nie irgendwelche Lämmer und Bänder zu Gesicht bekommen. Wir Deutschen messen alldem keine poetische Bedeutung bei, wo wir es doch könnten, weil bei uns meistens schönes Wetter ist. Und was die Girlanden angeht – wie viele Dörfer voll von jungen Leuten könnte ich aus meinem Garten damit versorgen, ohne daß ich irgendwas vermißt hätte. Um diese Zeit ist mein Garten voll von Goldlack, ich glaube, es gibt keine Farbe und Art, die ich nicht angepflanzt hätte. Die Beete unter den Südfenstern des Hauses, die letztes Jahr so leer und melancholisch dalagen, sind voll davon, vorne begrenzt von einem breiten Streifen gelber und weißer Stiefmütterchen von einem Ende zum anderen. Die Teerosenbeete gegenüber, rund um die Sonnenuhr, sind überzogen mit weißen, goldfarbenen, purpur- und weinroten Stiefmütterchen, und darüber die zarten, roten Triebe der Rosen. Auf den Verandastufen, die hinab in dieses Stiefmütterchenparadies führen, stehen auf beiden Seiten Kästen mit weißen, rosa und gelben Tulpen, und auf dem Rasen hinter den Rosen breiten sich zwei große Rabatten mit bunten Tulpen aus, die sich über einem Teppich aus Vergißmeinnicht erheben. Verschiedenfarbige Tulpen zusammen sind doch viel reizvoller als jede Farbe für sich! Letztes Jahr hatte ich auf Empfehlung einiger Leute, die Gartenbücher schreiben, einen Versuch mit feuerroten Tulpen und Vergißmeinnicht gemacht. Das war sehr hübsch, aber ich wünschte, diese Gartenberater könnten meine Beete mit gemischten Tulpen sehen. Ich jedenfalls habe noch nie etwas so hinreißend Fröhliches erblickt. Die einzigen, die ich ausschließe, sind die rosenfarbenen; aber Scharlachrot, Gold, zartestes Rosa und Weiß habe ich beisammen, und die Wirkung ist unbeschreiblich beglückend. Wenn die Tulpen welken, wachsen die Vergißmeinnicht höher, überwuchern sie schließlich ganz und verbergen liebevoll das Traurige ihres Verfalls. Sie bleiben dort stehen, Wolken von sanftem Blau, bis die Tulpen ganz verwelkt sind. Dann werden sie weggenommen, um Platz für die tiefroten Geranien zu machen, die auf den beiden Rabatten den ganzen Sommer blühen und nach Herzenslust in der Sonne lodern. Ich habe gern hier und da einen kräftigen Farbfleck, und die Geranien lassen die Lilien, die im Halbkreis um die kostbaren Teerosen Wache stehen, noch weißer und durchsichtiger erscheinen.

In den ersten beiden Jahren war ich fest entschlossen, in meinem Garten ganz nach meinem Geschmack vorzugehen, keine Pflanzengruppen zu setzen, die ich nicht geplant hatte, und auch keine Gewächse außer denen, die ich kannte und liebte. Da ich fürchtete, ein erfahrener Gärtner würde Nutzen aus meinem damals noch nahezu grenzenlosen Unwissen ziehen und mir diese Alpträume von Beeten aufdrängen und den Garten mit jenen scheußlichen Salatmischungen füllen, wie ich es so oft in den Gärten der gleichgültigen Reichen gesehen hatte, wollte ich nur einen anspruchslosen Mann mit wenig Ehrgeiz, einen, den ich leicht davon überzeugen konnte, soviel, ja noch mehr zu wissen als er selbst. Ich hatte drei von diesen unbedarften Männern hintereinander und lernte dabei, was ich schon lange vorher hätte entdecken müssen: Je weniger einer weiß, um so mehr beharrt er auf seiner Meinung, und gegen Dummheit ist noch kein Kraut gewachsen. Der erste der drei wurde gegen Jahresende schwermütig; der zweite war unglücklich verliebt, warf sein Werkzeug hin und gab seine Stelle auf, um der Sirene nachzulaufen, die ihm den Kopf verdreht und ihn sitzengelassen hatte, und als ich den dritten fragte, wie es wohl möglich sei, daß alles, was er gesät hatte, zufällig nie herauskäme, kratzte er sich am Kopf. Und da dies ein sicheres Zeichen für Unzulänglichkeit ist, schickte ich ihn fort.

Dann dachte ich ausgiebig nach. Ich war nun zwei Jahre hier und hatte mit Hilfe dieser Männer tüchtig im Garten gearbeitet. Ich hatte mein Bestes gegeben, alles zu lernen, was ich konnte, und ihn schön zu gestalten. Einen ungelernten Gärtner wollte ich, der mir besser gehorchte, und nur einen Gehilfen, damit ich meinen Garten ungestört genießen konnte.

Eifrig hatte ich alle Gartenbücher studiert, die ich auftreiben konnte. Und ich hatte mich für eine einigermaßen intelligente Person gehalten und geglaubt, wenn jemand mit meinem Verstand sich voll und ganz einer Sache widmete, die ihm am Herzen lag, müßte es fast zwangsläufig zum Erfolg führen. Doch wie sah mein Garten nach zwei Jahren aus? Die Fehlschläge der ersten beiden Sommer hatte ich noch gelassen hingenommen; doch in diesem dritten Sommer kamen mir manchmal die Tränen, wenn ich mich umsah.

Was mich betraf, so hatte ich einiges dazugelernt. Ich wußte, was ich kaufen mußte, und hatte ziemlich genaue Vorstellungen davon, wann und in welchem Boden ich das säen und pflanzen konnte, was ich angeschafft hatte. Doch was nutzt es, gute Samen und Pflanzen und Zwiebeln zu haben, die man dann einem Gärtner aushändigen muß, der sich mit kaum verhohlener Ungeduld die sorgfältigen Anweisungen anhört, mehrmals *Jawohl* sagt und dann hingeht und sie so setzt, wie er es immer getan hat, nämlich in jedem Fall falsch? Mir waren ja die Hände gebunden. Unglücklicherweise habe ich nicht das richtige Geschlecht, sonst hätte ich gern den Platz mit ihm getauscht und ihn aufgefordert zu reden, während ich pflanzte, und da er vermutlich kaum etwas geredet hätte, wäre dies ein entschiedener Gewinn für den Frieden der Welt gewesen. Um den wäre es ganz sicher besser bestellt, wären den Frauen die Zungen und nicht die Hände gebunden, und sie könnten, falls sie wollten, damit arbeiten, ohne daß sich sofort ein Volksauflauf um sie versammelt. Ist es nicht eine Tatsache, daß die Zunge sich lange nicht so ungehemmt tummelt, wenn wir körperliche Arbeit verrichten? Manchmal werde ich richtig neidisch und es schmerzt mich, zu sehen, wie die Männer ihrer erfreulichen Arbeit im Sonnenschein nachgehen, die üppige, feuchte Erde umgraben, rechen, jäten, gießen, pflanzen, das Gras mähen, die Bäume schneiden – alles, was sie tun, vom Aufdecken der Rosen im Frühjahr bis zu den Laubfeuern im November, erfüllt meine Seele mit der Sehnsucht, hinzugehen und es ihnen gleichzutun. Aber es wird noch viel geschehen müssen, bis es mir gestattet ist zu graben, ohne Aufsehen zu erregen. Ich werde wohl noch einige Zeit damit zubringen müssen, meinen Groll zu hegen. Ich wünsche mir nur so sehr, daß die Bewohner dieser so einsamen und verlassenen Landstriche sich mit den Bemerkungen über die vermeintlichen Sünden hier ansässiger Frauen (Sünden sind allzeit ein beliebtes Klatschthema) zurückhielten und ihre harmlosen Verschrobenheiten duldeten. Bin ich stundenlang durch Wald und Heide gefahren, ohne einem Menschen zu begegnen oder ein

Haus zu erblicken, so erfahre ich zu meiner Verblüffung bei der Heimkehr, ich habe an diesem Tag jene Strecke zurückgelegt und sei an dem und dem Ort gewesen. Das ist mir mehr als einmal passiert. Alles wird beobachtet und bemerkt – mit welcher Blitzgeschwindigkeit würde sich da die Neuigkeit verbreiten, man habe gesehen, wie ich mit der Hacke über der Schulter, einem Korb in der Hand und Jäten auf dem Gesicht geschrieben den Gartenpfad hinuntereilte! Und wie gerne würde ich doch jäten!

Ich glaube, das üppige Gedeihen des Unkrauts war es, was mich schließlich dazu brachte, mein Zögern aufzugeben, einen tüchtigen Gärtner und eine vernünftige Zahl von Gehilfen anzustellen. Denn eins hatte ich herausgefunden: Sosehr ich auch meine Abgeschiedenheit schätze, Brennesseln verabscheue ich noch mehr, und die Brennesseln schienen sich stets die Plätze auszusuchen, wo meine liebsten Blumen standen. Die drei unbedarften Männer unterlagen jedenfalls im Kampf gegen sie. Allerdings habe ich ein großes Herz für alles, was wächst, und manches Unkraut, das anderswo nie geduldet würde, darf sich in meinem Garten ungestört ausbreiten. Es ist so hübsch, so bezaubernd frech und besonders nett von ihm, alles Grünen und Blühen und Samentragen, ohne jede Hilfe und Ermutigung, ganz allein zustande zu bringen. Natürlich ärgert es mich, wenn es so unverschämt ist, zwischen meinen Teerosen und Stiefmütterchen zu sprießen, und auf den Wegen ist es mir auch nicht gerade willkommen. Aber im Gras zum Beispiel – warum sollen sich die armen kleinen Geschöpfe da nicht ihres Lebens freuen, anstatt mit einem messerscharfen Gegenstand Stück für Stück ausgegraben zu werden? Einmal kam ich in den Garten, da hatte gerade der letzte der drei Unfähigen, bewaffnet mit seinem Gerät, mitten auf der Gold- und Silberfläche, die man für gewöhnlich Rasen nennt, Aufstellung genommen, kratzte sich am Kopf, sah sich um und konnte sich nicht entscheiden, wo er anfangen sollte. Diesmal eilte ich Löwenzahn und Gänseblümchen zur Hilfe, und ich glaube, sie haben es bemerkt. Jedenfalls blicken sie, wenn ich komme, so munter drein, und mir scheint als stießen sich die Löwenzahnpflanzen bei meinem Anblick gegenseitig an und flüstern: »Da kommt Elizabeth, die ist in Ordnung, nicht wahr?« – denn natürlich drückt sich ein Löwenzahn nicht gerade besonders fein aus.

Aber Brennesseln gegenüber darf man nicht großzügig sein. Und sie führten letzten Endes die Lösung des Problems herbei, dem ich so lange den Rücken zugedreht hatte. Eines schönen Augustmorgens, als es im Garten nichts anderes als Brennesseln mehr zu geben schien und man schier glauben mußte, wir hätten nichts anderes getan, als sie in allen Varianten zu kultivieren, suchte ich den Grimmigen in seinem Arbeitszimmer auf.

»Mein lieber Mann«, begann ich, mit der leisen, besänftigenden Stimme eines Menschen, der lange dickköpfig gewesen ist und nun einlenken will, »würdest du bitte eine Annonce aufgeben für einen Obergärtner und die entsprechende Zahl von Gehilfen? Fast alle Zwiebeln und Samen und Pflanzen, für die ich mein Geld und meine Hoffnung verschwendet habe, sind als Brennesseln herausgekommen, und die mag ich nun mal nicht. Ich hatte diesmal einen schlimmen Sommer und will nie mehr einen unfähigen Gärtner hier sehen.«

»Meine liebe Elizabeth«, antwortete er, »es tut mir leid, daß du meinen Rat nicht früher befolgt hast. Wie oft habe ich dir gesagt, daß es Unsinn ist, einen inkompetenten Mann nach dem anderen zu engagieren? Das Gemüse, wenn wir überhaupt welches ernten, ist ungenießbar, und Obst bekommen wir ebenfalls keins. Deine guten Absichten in Ehren, aber es mangelt dir wirklich an Urteilsvermögen. Wann wirst du endlich lernen, dich auf meine Erfahrung zu verlassen?«

Ich ließ den Kopf hängen. Konnte er jetzt nicht mit Recht bemerken: »Ich hab's dir ja immer gesagt« – was er tatsächlich schon seit zwei Jahren tat. »Ich verlasse mich nicht gern auf jemanden anderen«, murmelte ich, »und gegen anderer Leute Erfahrung habe ich ein ziemliches Vorurteil. Würdest du bitte noch heute die Anzeige aufgeben?«

Sie kamen in Mengen; es schien, als bestünde die halbe Bevölkerung aus stellungslosen Obergärtnern. Alle, die in Frage kamen, führte ich durch den Garten, und ich glaube, ich habe nie eine Woche mit mehr Niederlagen erlebt als in dieser Zeit. Natürlich hielten sie mit ihrer Meinung nicht zurück, denn ich hatte ihnen gesagt, ich hätte, seit wir hier sind, praktisch nur Gärtnergehilfen beschäftigt. Wenn sie sich mit höflichem Spott über eines der Beete äußerten, konnten sie allerdings nicht ahnen, daß es zufällig von mir angelegt war. Besonders die Mistbeete im Küchengarten, mit denen ich mir soviel Mühe gegeben hatte, waren die Zielscheibe ihres Hohns. Offenbar war alles an ihnen falsch – die Maße, die Vorbereitung, der Boden, der Dünger hätten gar nicht unangebrachter sein können. Gewiß, das einzige, was wir davon ernteten, war Unkraut. Aber nachdem die halbe Woche um war, wurde ich skeptisch, denn sie stimmten selten in ihrer Kritik überein. So faßte ich wieder Mut. Schließlich fiel meine Wahl auf einen netten, ordentlichen jungen Mann mit überraschend intelligenten Augen und flinken Bewegungen, der sich weniger mit dem gegenwärtigen Chaos beschäftigte als mit dem, was man am Ende aus dem Garten machen könnte. Er ist schwerhörig, verliert also keine Zeit mit Worten, liebt die Gärtnerarbeit außerordentlich und weiß, wie ich bald feststellte, sehr viel mehr als ich trotz meiner drei Lehrjahre. Überdies ist er erfüllt von jener Demut und Lernbegier, die man nur bei denen findet, die bereits mehr als ihre Nächsten gelernt haben. Mit Begeisterung geht er auf meine Pläne ein und macht eigene Vorschläge, die vielleicht nicht immer mit meinem etwas eigenwilligen Geschmack übereinstimmen, doch sie zeigen, daß er etwas von seinem Beruf versteht. Gemeinsam waren wir einen Winter lang damit beschäftigt, alle Rabatten zu verändern, denn keine hatte den Boden, in dem Pflanzen wirklich gedeihen, und für den nächsten Herbst habe ich mir vorgenommen, den ganzen sogenannten Rasen umgraben und einebnen zu lassen. Dann werden wir ja sehen, ob wir nicht auch hier einen richtigen englischen Rasen bekommen können! Als ich ihm sagte, er solle die Wurzeln von Gänseblümchen und Löwenzahn schonen, blickte er ziemlich niedergeschlagen drein. Aber er ist jung, er kann lernen zu schätzen, was ich schätze, und seinen einzigen Fehler loszuwerden: die typische, in Gärtnereien verbreitete Einstellung gegenüber Blumen, die nicht in Mode sind. »Im nächsten Frühling will ich viele

Osterglocken haben«, verkündete ich eines Tages am Beginn unserer Bekanntschaft.

Seine Augen leuchteten. »Ah ja«, er nickte zustimmend, »die sind *sehr modern*.«

Ich war hin- und hergerissen zwischen Erheiterung bei dem Gedanken, daß Spensers »Daffadowndillies« *modern* sein sollten, und Ärger darüber, daß er dasselbe Adjektiv für sie benutzte wie meine Hutmacherin, wenn sie mir in ihrem Laden ein besonders scheußliches Exemplar anpreist.

»Sie sollen in Gruppen im Gras stehen«, sagte ich, worauf sich Zweifel in seinen Zügen malten. »Das ist nun wirklich *sehr modern*«, schrie ich. Aber er war plötzlich noch schwerhöriger – ein Phänomen, das ich jedesmal dann an ihm bemerkte, wenn er von mir Anweisungen bekommt, die ihm noch nie jemand zuvor gegeben hat. Doch nach und nach wird er, hoffe ich, von meinen unorthodoxen Ansichten auf diesem Gebiet irgendwie angesteckt werden. Er hat ja den echten Gärtnergeist und liebt seine Arbeit. Und Liebe ist schließlich die Hauptsache. Kein Kompost könnte bessere Wirkungen erzielen. Selbst im magersten Boden wirkt die Liebe aus eigener Kraft Wunder.

Den Gartenweg hinunter, vorbei an Fliederbüschen mit schwellenden dunklen Knospen und dem großen dreieckigen Beet mit Rosen und Stiefmütterchen davor, zwischen den Reihen von Monatsrosen und den Büscheln von Lilien und Fingerhut hindurch, gelangten wir gestern abend in den Frühlingsgarten auf der Lichtung rund um eine alte Eiche. Und hier war eine gefüllte Kirsche voll erblüht. Wie eine edle, weiße Nackte stand sie in der Abenddämmerung, dicht neben ihr, aber so spät nicht mehr sichtbar, zwei japanische Holzapfelbäume, die anmutigen Umrisse gesäumt von rosa Knospen. Das Gras dort ist voll von Narzissen, und am Fuß der Eiche tröstet mich eine Tulpenkolonie über den Verlust der purpurnen Krokusflecken hinweg, die noch vor kurzem so eifrig blühten.

»Einmal einen ganzen Sommer allein sein«, wiederholte ich und betrachtete das alles mit einem Gefühl, als könnte ich all diese Schönheit, die Schönheit des Sternenhimmels, der Stille und der Düfte kaum ertragen, »ich muß allein sein, damit ich keines dieser Wunder verpasse und genug Zeit habe, wirklich zu *leben*.«

»Schon recht, mein Liebes«, antwortete der Grimmige, »aber du darfst dich nicht beschweren, wenn du es langweilig findest. Du sollst ja allein sein, wenn du es unbedingt willst; und was mich betrifft, ich werde bestimmt niemanden einladen. Es ist immer das beste, einer Frau ihren Willen zu lassen, sofern es irgendwie geht; es erspart einem viel Ärger. Sie tun zu lassen, was sie sich wünscht, ist im allgemeinen die wirkungsvollste Strafe.«

»Lieber Weiser«, rief ich und schob meine Hand unter seinen Arm, »sei doch nicht immer so weise. Ich verspreche dir, mich nicht zu langweilen, und ich werde nicht bestraft, und ich werde glücklich sein.«

Langsam und zufrieden schlenderten wir zum Haus zurück und sprachen über das Firmament und andere erhabene Dinge, als wüßten wir alles darüber.

15. Mai.

Eine halbe Meile hinter meinem Gartentor ist eine Senke im Roggenfeld, eine kleine, runde Vertiefung wie ein Grübchen, mit Wasser und Binsen am Grund und auf dem abfallenden Boden ringsum ein paar Bäume und Büsche, die gern am Wasser stehen. Hier bin ich seit kurzem jeden Morgen gewesen, es paßt zu meiner Stimmung, und mir gefällt der schmale Weg durch den Roggen und die seltene Feuchtigkeit im sonst so dürren Land. Liege ich im Gras und schaue hinunter, sehe ich die Binsen grün im Wasser glitzern, und blicke ich hinauf, sehe ich den Saum des Roggens, der den Himmel streift. Viele Tiere kommen und schauen mich an, die Lerchen singen über mir, und allerlei Kriechgetier krabbelt über mich hinweg und bewegt die langen Gräser neben mir. Ich nehme mein Buch mit, lese und verträume die geschäftigen Morgenstunden zur Begleitung des sehnsüchtigen Quakens unzähliger Frösche.

In den letzten Tagen war Thoreau mein Gefährte, es schien mir angemessener, ihn an einen Teich mitzunehmen als ihn, wie es sonst meine Gewohnheit war, sonntagmorgens im Garten zu lesen. Er ist lieber im Freien und weigert sich, einem Freude zu machen, falls man versucht, sich ihm zwischen schwellenden, muffigen Polstern zu nähern. Doch draußen in der Sonne, besonders an diesem Gewässer, ist er wunderbar, und wir verbringen die glücklichsten Stunden zusammen. Er macht seine Aussagen, denen ich entweder herzlich zustimme, oder ich lache nur und halte mit meiner Meinung hinter dem Berg, bis ich gründlicher über die Sache nachgedacht habe. Natürlich mag er mich nicht so sehr wie ich ihn, weil ich in einer Wolke von Staub und Bazillen lebe, hervorgerufen durch den Überfluß an Möbeln, und weil ich nicht den Mut habe, ein Streichholz zu nehmen und sie allesamt anzuzünden. Und jeden Tag sieht er die Fußmatte, an der ich meine Füße abtrete, wenn ich ins Haus gehe, obwohl er mir doch mitgeteilt hat, er selbst lehne eine solche ab, es sei besser, schon den Anfang allen Übels zu meiden. Aber meine philosophischen Fähigkeiten haben noch nicht jenes überlegene Stadium erreicht, das mich in die Lage versetzte, den wahren Charakter einer Fußmatte als Behinderung für die Entfaltung der Seele zu erkennen, und ich trete mir nun mal gern die Füße ab. Vielleicht wenn ich weniger Gesinde hätte oder es, ohne in ein Höhlendasein zu verfallen, möglich wäre, auf sie alle ganz und gar zu verzichten, könnte ich auch ohne Fußmatten auskommen und im Sommer sogar ohne Schuhe. Dann würde ich meine Füße am Gras abstreifen, das die Natur zweifellos dafür geschaffen hat. Indessen wissen wir, daß Thoreau zwar in die Wälder ging, aber doch zurückkam und den Rest seines Lebens verbrachte wie andere Leute auch. Vermutlich hätte er es lebenslang weit von sich gewiesen, von etwas so Anstrengendem wie einer gewöhnlichen deutschen Frau Kenntnis zu nehmen, und sich nie dazu herabgelassen, mit mir seine Lieblingsthemen zu diskutieren. Doch jetzt gehört sein Geist mir, alles, was er dachte, glaubte und fühlte, und er spricht hier in meiner Abgeschiedenheit so viel und so vertraulich mit mir wie vor Jahren zu seinen liebsten Freunden in Concord. Im Garten war er ein angenehmer Gesellschafter, doch hier in meiner Senke ist er faszinierend, und die Morgenstunden mit ihm eilen überraschend schnell vorbei. Es schmerzt mich, ihn mitten in einem seiner wunderlichen Sätze oder schönen Gedanken unterbrechen zu müssen, nur weil die Sonne einen bestimmten Busch unten am Wasser berührt, ein Zeichen, daß es Zeit fürs Mittagessen ist und ich mich aufmachen muß. Gemeinsam wandern wir zurück durch den Roggen, er sorgsam unter meinem Arm geborgen, während ich mit der anderen Hand ein Grasbüschel schwinge, um die Fliegen abzuwehren, die sofort zur Stelle sind, wenn wir in die Sonne kommen. »O mein bester Thoreau«, flüstere ich zuweilen, überwältigt von der Mittagshitze und den aufdringlichen Fliegen, »gab es in Walden auch Fliegen, die Sie belästigt haben? Und was wurde dann aus Ihrer Philosophie?« Doch er beachtet meine Klagen nicht, und ich weiß, daß er zwischen seinen Buchdeckeln nur um so heftiger darüber räsonniert, wie unsinnig es sei, sich von den schrecklichen Strömen und Wirbeln einer Aufforderung zum Essen bezwingen zu lassen, das in den mittäglichen Untiefen stattfindet, und über die Notwendigkeit, um des eigenen Wohlbefindens willen daran vorüberzusegeln ohne hinzublicken, wie der an den Mast gebundene Odysseus. Trotzdem wird er zurückgetragen, mit ins Haus genommen und in sein Regal gestellt, denn ich habe immer noch einen Körper, der meinen Geist beherbergt und der sich, wird er nicht regelmäßig gefüttert, als Störenfried erweist. Dennoch hat er recht: Das Mittagessen ist eine Falle des Versuchers, und ich würde unter Umständen wie Odysseus daran vorbeisegeln, hätte ich nur einen Keks in der Tasche, der mich stärkt. Da sind aber auch die Kinder, die essen müssen, und der Grimmige, und wie brächte eine ehrbare Ehefrau und Mutter es fertig, die mittäglichen Untiefen zu ignorieren, in denen ihre Lieben aufgelaufen sind. So stehe ich ihnen denn bei und werde dafür täglich mit jenem Zwei-Uhr-Mittags-Gefühl gestraft, das mir so zuwider ist und das ich nicht umgehen kann. Nach den sonnigen Morgenstunden am Teich wirkt es geradezu tödlich. Dort habe ich mich wie ein Dichter, ja fast wie ein Philosoph gefühlt, ganz und gar wie ein glückliches Geschöpf in ekstatischer Liebe zum Leben. Und dann erlebe ich diese trostlosen Stunden des Mittagessens, die Seele gänzlich außer Sicht, verdrängt von Koteletts und Spargel und den rachsüchtig süßen Nachspeisen. Betrete ich dann wieder die Bibliothek, dreht mir mein morgendlicher Freund den Rücken zu. Und ich rühre ihn am Nachmittag nicht mehr an. Bücher haben ihre Abneigungen genau wie Menschen, sie sind nicht bereit, ihre volle Schönheit zu zeigen, wenn Zeit und Ort ihnen nicht zusagen. Zum Beispiel kann ich Thoreau nicht in einem Salon lesen, aber noch weniger würde ich je davon träumen, Boswell im Gras am Teich zu lesen. Man stelle sich vor, man schleppte ihn in Begleitung seines großen Freundes in eine einsame Senke im Roggenfeld und erwarte von beiden Unterhaltsamkeit. »Nein, beste Dame«, würde der große Mann zutiefst vorwurfsvoll sagen. »Das kann nicht sein, durchaus nicht. In einem Roggenfeld liegen? Welche Narretei ist denn das? In einem feuchten Loch der Unterhaltung pflegen – wer würde das tun, wenn er nicht müßte?« So lese ich meinen Boswell in der Bibliothek und lache dabei, die Lampen angezündet, in Kissen vergraben und umgeben von allen Merkmalen der Zivilisation. Die geschlossenen Vorhänge sperren den Garten aus und mit ihm die ländliche Einsamkeit, gleich ungeliebt vom Weisen wie vom Schüler. Bozzy behauptet doch tatsächlich, die Mahlzeiten seien auf dem Land das einzige, was einen glücklich machen könne. »Ich war hocherfreut«, schrieb er, als er auf der Insel Skye in einem Ort namens Carrichatachin gestrandet war und nicht wegkonnte, weil es regnete, »ich freute mich über die Maßen, als der Tee aufgetischt wurde. Solcher Art, nehme ich an, ist die Verfassung jener, die auf dem Lande leben. Nicht nur der Drang zu speisen läßt sie nach den Mahlzeiten hungern, vielmehr auch die geistige Leere.« Und so pervers ist die menschliche Natur, daß Boswells Weisheit mich ebenso entzückt wie die Johnsons, und ich liebe sie beide von Herzen.

Am Nachmittag beschäftige ich mich im Garten mit Goethe. Wahrscheinlich machte er sich kaum etwas aus Blumen und Gärten, doch er hat viel Wohlklingendes über sie gesagt, das sich dem Gedächtnis genauso einprägt, als wäre es der leidenschaftliche Ausdruck echter Gefühle. Ein Intellekt, der so vollkommen vortäuschen kann, muß in der Tat titanisch gewesen sein. Normale Sterbliche müssen unendlich viel fühlen, bevor sie unter Qualen einen Satz herausbringen, der ihre Empfindungen beschreibt. Und wenn sie ihn dann ausgesprochen haben, sieht es immer noch so aus, als sei er genau am Kern des Gefühls vorbeigegangen, das ihm zur Geburt verholfen hat – er ist und bleibt ein armes, schwaches Kind einer vielleicht ungeheuerlichen Aufwallung! Ich lese Goethe nur auf einer bestimmten Bank, die ich selten verlasse, wenn er sich bei mir befindet, einer Bank auf der Südseite des Kühlhauses, geschützt vor dem Nordwind, der manchmal den ganzen Mai über bläst, und beschattet von den tiefhängenden Zweigen einer mächtigen Buche, die nur ein Geflacker von Sonnenlicht durchlassen. Durch diese Zweige blicke ich auf einen Busch riesiger Mohnblumen, die gerade zu blühen anfangen und hinter den Bäumen im Gras aufflammen, weiter dahinter auf eine große Silberbirke im ersten zarten Frühlingsschmuck, fast golden schimmernd vor einer dunklen Föhrengruppe. Hier lese ich Goethe – alles, was ich von ihm habe, Bekanntes und weniger Bekanntes. Unvermeidlich vergieße ich hier Tränen bei *Werther*, sooft ich ihn mir auch wieder vornehme; und hier wate ich durch *Wilhelm Meister* und halte verwundert inne vor den komplizierten Beziehungen der *Wahlverwandtschaften*; hier werde ich von *Faust* in Staunen und Verzweiflung gestürzt, und manchmal gehe ich im Schatten auf und ab und trage den hohen Föhren unten im Hain den Eröffnungsmonolog aus *Iphigenie* vor. Ab und zu lasse ich das Buch auf der Bank liegen und arbeite zur Erholung ein bißchen in meinen Blumenbeeten, was mir ungemein wohltut, und wenn ich zurückkomme, habe ich eine ganz neue Auffassung davon, was einem in dieser Welt Sorgen machen sollte und was nicht.

Am Abend, wenn alles müde und still ist, sitze ich mit Walt Whitman bei den Rosenbeeten und höre zu, was dieser einsame, große Geist mir über Nacht, Schlaf, Tod und die Sterne zu erzählen hat. Diese ruhige Dämmerstunde gehört ihm. Um diese Zeit kann ich am besten die Schläge seines so zärtlichen und großmütigen Herzens vernehmen. Eine solch überwältigende Liebe, ein solcher Taumel hingerissener Zuneigung zur Natur, zum frischen, grünen Gras, zu Bäumen und Wolken und Sonnenlicht; eine solch schmerzlich liebevolle Angst um alles, was atmet und krank ist und bemitleidenswert; ein so leidenschaftliches Verlangen zu helfen, zu heilen und zu trösten, wo nie geholfen, geheilt und getröstet werden kann; eine so begehrliche Vorausschau auf den Tod, den sanften Tod, als letzten und vollständigen Trost – vor dieser Offenbarung eines allumfassenden Mitfühlens steht unsere alltägliche Selbstsucht ehrfurchtsvoll und beschämt da.

Bei meinen Ausflügen in die Wälder begleitet mich Keats. Und wenn ich die Fahrt bis zur Ostseeküste ausdehne und den Nachmittag auf den Moospolstern unter den Kiefern verbringe, deren rosarote Stämme das Meer einrahmen, nehme ich Spenser mit. Sogleich sehe ich in den blauen Wellen die bewegten Wasser des Idle Lake, und das winzige weiße Segel weit draußen ist Phaedrias flaches Boot, das Cymocles hurtig in ihr dämmriges kleines Liebesnest entführt. Wie könnte ich erklären, warum Keats nie mit mir hier war und Spenser immer und immer wieder? Wer will sich schon in die dunklen Verworrenheiten des weiblichen Gemüts vertiefen? Es ist besser, so etwas gar nicht erst zu versuchen, sondern sie ein für alle mal unter dem Stichwort Instinkt abzulegen.

Was ist es doch für ein Segen, Bücher zu lieben. Jeder liebt irgendwas, und ich kenne keine anderen Liebesobjekte, von denen man so wesentliche und unfehlbare Geschenke zurückbekommt, wie von Büchern und einem Garten. Wie einfach wäre es, ohne dies in die Welt getreten zu sein und statt dessen von einer zehrenden Leidenschaft für, sagen wir, Hüte ergriffen zu werden, die unablässig in meinem Inneren wütete. Vermutlich bin ich meinen Ahnen zu unendlichem Dank verpflichtet, denn wahrscheinlich haben auch sie sich nichts aus Hüten gemacht. Mitten in meiner Bibliothek ist eine hölzerne Säule, welche die Decke stützt und so verhindert, wie man mir sagte, daß diese uns eines Tages um die Ohren fliegt. Um diese Säule habe ich von der Decke bis zum Boden Regale anbringen lassen, auf denen all die Bücher stehen, die ich immer wieder gelesen habe und hoffentlich noch oft lesen werde – alle Bücher, das heißt, die, die ich am meisten liebe. In den Bücherschränken an den Wänden stehen viele, die ich ebenfalls schätze, aber hier, mitten im Raum und am leichtesten greifbar, versammeln sich die Auserwählten unter meinen Favoriten. Sie wechseln von Zeit zu Zeit, denn ich werde ja älter. Mit den Jahren kommen einige aus den Bücherschränken hierher, ein paar wandern von hier in die Schränke, und einige werden sogar ganz weggeschafft, in die Regale im Salon verbannt, reserviert für diejenigen, die gewogen und zu leicht befunden wurden. Von daher kommen sie selten, wenn überhaupt je zurück.

Carlyle befand sich unter den Auserwählten, allerdings vor vielen Jahren, als mein Haar noch sehr lang und meine Röcke sehr kurz waren und ich mit *Sartor Resartus* in den patriarchalischen Gefilden voller Weisheit und Weltschmerz Umgang pflegte. Und selbst als ich schon verheiratet war und wir in der Stadt wohnten und der Lärm seiner Tiraden fast im Rattern der Droschken draußen auf dem Pflaster unterging, war er in meinen Augen immer noch ein heller, leuchtender Stern. Jetzt – ist es das Alter, das ganz leise näher kommt, oder das Land, das so still ist, daß jedes Geräusch weit trägt? Oder sind meine Ohren empfindlicher geworden? – Ich weiß nicht recht. Aber wenn ich ihn aufschlage, dröhnt mir ein solches Geknatter von Beschuldigungen, Ungestüm und Wut entgegen, daß ich völlig benommen bin. Und da man mich leicht aus der Fassung bringen kann und ich lieber meinen Frieden habe und versuche, dem Rat des Apostels zu folgen, gelassen zu bleiben, ist er von seiner hohen Stellung an der Säule degradiert und an der Wand in Ruhestand versetzt worden, wo ihm die Zufälle des Alphabets als linken Nachbarn einen gewissen Carina, einen unauffälligen, harmlosen Herrn, zugeteilt haben, oder vielmehr dessen Buch über die *Bagni di Lucca*, und ihm zur rechten steht ein Franzose namens Charlemagne mit seiner Anfang des Jahrhunderts geschriebenen, einschläfernden Komödie *Le Testament de l'Oncle ou Les Lunettes Cassées*. Zwei seiner Werke sind jedoch weiterhin unter den Auserwählten verblieben, ein glanzvolles und ein bescheideneres – sein *Friedrich der Große*, begreiflicherweise recht anziehend für das patriotische deutsche Gemüt, und *Leben des Sterling*, im ganzen ein diskretes Buch, der Bericht von einem ereignislosen Leben, bei dem die natürlichen Positionen von Biograph und Gegenstand vertauscht sind: ein Genie schreibt über das Leben eines unbedeutenden Freundes, wobei die Tatsache, daß der Freund ungemein liebenswert war, keineswegs das Unbehagen des Lesers angesichts eines solchen Mißverhältnisses mildert. Carlyle steht in seiner Bedeutung unendlich weit von Sterling entfernt, der nun mal gar keine hat, es sei denn eine auf jenem (glücklicherweise) dichtbesetzten Platz, den die Klugen, Mutigen und Sympathischen einnehmen. Wir Deutschen haben alle schon von Carlyle gehört, und viele von uns haben ihn mit echter Bewunderung gelesen, freilich oft dabei gestöhnt über die Schwierigkeiten, die sein Stil dem unvoreingenommenen Fremden in den Weg legt. Doch wer hätte ohne Carlyle überhaupt je von Sterling gehört? Und selbst in diesem vergleichsweise ruhigen Buch springen dem erschreckten Leser Sätze von ungewöhnlicher Wucht entgegen. Für den prosaischen Deutschen, aufgewachsen mit einer Literatur ohne Donnergrollen und schrille Begeisterungsschreie, ist Carlyle ein durch und durch erstaunliches Phänomen.

Doch hier fühle ich mich zu der ernsthaften Frage veranlaßt: Wer bin ich denn, daß ich mich in so vorwitziger Weise über Carlyle äußern darf? Worauf ich antworte, ich sei nur eine schlichte Deutsche, friedliebend, ohne den geringsten Wunsch, irgendwen zu kritisieren, und lediglich darauf bedacht, den Genies aus dem Weg zu gehen, die zuviel Lärm machen. Ich will ja nichts anderes als in Ruhe die Bücher lesen, die mir im Augenblick zusagen. Vorerst ist Carlyle der Mund gestopft, beharrlich schweigt er auf seinem gemütlichen Bord vor sich hin. Doch wer weiß, ob ich nicht in meinen alten Tagen, wenn ich anfange, mich wirklich jung zu fühlen, wiederum Erbauung und Anregung bei ihm suche?

Welch ein wunderliches Durcheinander von Büchern steht da rund um die Säule! Hier ist Jane Austen, die sich bei Heine anlehnt – was hätte sie wohl dazu gesagt? – und auf der anderen Seite von Miß Mitford und *Cranford* gestützt wird. Da ist mein Goethe, eine der vielen Ausgaben, die ich von ihm besitze, die, welche bereits Bekanntschaft mit dem Kühlhaus und den Mohnblumen gemacht hat. Da steht Ruskins *Lubbock*, Whites *Selbourne*, Isaak Walton, Drummond, Herbert Spencer (nur so viel von ihm, wie ich zu verstehen hoffe und fürchte, es doch nicht zu schaffen), Walter Pater, Matthew Arnold, Thoreau, Lewis Carroll, Oliver Wendell Holmes, Hawthorne, die *Sturmhöhe*, die Essays von Lamb, die Biographien von Johnson, Marc Aurel, Montaigne, Gibbon, verschiedene amerikanische Kinderbücher, die mir, als ich klein war, so gut gefielen und die ich bis heute lese und liebe, dazu französische Kinderbücher aus demselben Grund und zwei Reihen deutscher Kinderbücher, mit denen ich aufgewachsen bin, mit ihren bezaubernden Holzschnitten von drolligen Kinderlein in Schnürmiedern und braven Hausmütterchen, die Butterbrote schmieren, und einer Atmosphäre aus ängstlicher Unschuld und reinem Glauben und eilfertigen Strafen und Belohnungen, und wie der Finger Gottes in allem zu erkennen ist, was ihnen zustieß. Dazu all die Dichter und die meisten Dramatiker und, das ist meine feste Überzeugung, jedes Buch über Gärtnern und Gärten, das in den letzten Jahren erschienen ist.

Diese Gartenratgeber sind meine ganze Freude, besonders im Winter, wenn ich am flackernden Torffeuer sitze und der Schnee an den Fenstern vorbeiwirbelt und ich mich in die üppigen Beschreibungen von Rosen und der ganzen Sommerherrlichkeit vertiefe – was für ein Vergnügen!

Wie vertraut werden mir jene Gärten, deren allmähliches Entstehen von ihren Besitzern geschildert wird, und wie glücklich wandere ich im Geist über die Pfade der besonders liebreizenden Gärten in Lancashire, Berkshire, Surrey und Kent und bewundere die herrliche Anlage der Staudenbeete und Rabatten, die reizenden Details in versteckten Winkeln und all die Beweise unermüdlicher Zuneigung! Alle Gartenbücher, die ich in Anzeigen entdecke, lasse ich sofort kommen und bin auf diese Weise in den Besitz einer Sammlung faszinierender und lehrreicher Gartenliteratur gelangt. Ein paar davon sind uninteressant und in den Salon abgeschoben worden. Doch die anderen sind sommers wie winters bei mir, und da sie so häufig liebevoll zur Hand genommen werden, verlieren ihre Umschläge schon bald den neuen Glanz und nehmen das ungezwungene Aussehen guter Freunde in Alltagskleidung an. Sie sind mir so nah, daß ich kaum je an ihnen vorübergehe, ohne ihnen wie lieben Bekannten zuzunicken und zuzulächeln. Jedes einzelne erinnert mich an bestimmte Orte und Zeiten und ist mir dadurch nur um so lieber.

Auch durch einen oder zwei französische Gärten bin ich schon in Gedanken spaziert. Von einem deutschen Garten, der von seinem Besitzer über alles geliebt wurde, habe ich aber noch nie gehört. Vielleicht lieben ja meine Landsleute ihre Gärten, verlieren darüber jedoch nicht viele Worte – so manches ist möglich, aber unwahrscheinlich. Und was ich bisher erlebt habe, macht mich glauben, daß es in diesem Fall so ist. Wir haben hier den üblichen reichen Mann mit wundervollen Gärten, die ohne Rücksicht auf Kosten angelegt wurden, aber diese Gärten meine ich nicht; und wir haben den Armen mit seinem armseligen Fleckchen Boden, der nie anders behandelt wurde als ein Hühnerhof oder Kartoffelacker. Der Mittelstand hingegen hastet durchs Leben, so daß er weder Zeit noch Neigung dafür aufbrächte, einzuhalten und eine Rose zu pflanzen.

Wie froh bin ich, mich nicht beeilen zu müssen. Was für eine Vergeudung des Lebens, nur zu bekommen und auszugeben. Ich sitze hier bei meinen Maßliebchenbeeten, die trägen Wolken ziehen gemächlich dahin, und ein klarer Tag liegt vor mir. Dieses wilde Gerangel um die heißbegehrten Groschen – ich bin erstaunt über diese Gewöhnlichkeit, die unermüdlich und ungehemmt drängt und schubst und trampelt. Und hat man die Groschen endlich – was dann? Schließlich sind es nur Groschen, unansehnliche, abgegriffene Kupferdinger ohne ein Goldstück dazwischen, unwert der Selbsterniedrigung, des Hasses derer, die unter dir stehen und noch weniger haben, und der Überheblichkeit jener, die mehr haben und höher stehen als du. Und indem ich das begreife, werde ich weise und, was noch schlimmer ist, allegorisch, und da solche Anwandlungen unbedingt unterdrückt werden müssen, gehe ich jetzt in den Garten und spiele mit den Kleinen, die dort aufgereiht in den Butterblumen hocken und etwas singen, was sich wie ein Kuddelmuddel aus unterschiedlichen Volksliedern anhört.

Juni

3. Juni.

Es bleibt mir nicht verborgen, wie der Grimmige versucht, mir Fallen zu stellen und auf Listen sinnt. Er hat mir prophezeit, daß die Einsamkeit bald unerträglich sein würde, und wünscht sich natürlich, recht zu behalten. Er weiß, wie sehr anhaltender Regen mich bedrückt, und wartet nur auf einen Landregen, der mich zu dem Geständnis bewegt, ich hätte mich doch getäuscht, worauf er jene Bemerkung fallenlassen wird, die dem ehelichen Gemüt so teuer ist: »Mein Liebstes, ich hab dir's ja gleich gesagt.« Schon früh am Morgen klopft er aufs Barometer, schaut zum Himmel und schüttelt den Kopf. Zeigen sich Wolken, so deutet er an, sie zögen heran, und sind keine da, so ist es zu schön um anzuhalten. Ein- oder zweimal hat er es sogar auf sich genommen, an einem heißen, sonnigen Morgen im Regenmantel zum Gehöft aufzubrechen, um mir gegen jeden Augenschein den Eindruck zu vermitteln, das Wetter würde bald umschlagen. Den ganzen Tag geht er mir sorgsam aus dem Weg, um mir ausreichend Gelegenheit zu geben, mich so bald wie möglich zu langweilen, und nach dem Abendbrot zieht er sich sofort in sein Arbeitszimmer zurück und murmelt etwas von Briefen. Ist er endlich verschwunden, gehe ich hinaus zu den Sternen und lache über seine durchsichtigen Winkelzüge.

Doch was wäre, wenn wir wirklich eine Schlechtwetterzeit bekämen? Ich weiß nicht recht. Solange es schön ist, scheinen künftige Regentage nicht so bedrohlich, ein oder zwei könnten sogar ganz erquicklich sein – Zeit zum Lesen, zum Schreiben und Rechnungen zu bezahlen. An schönen Sommertagen kümmere ich mich niemals um Rechnungen, und Briefe schreibe ich auch nicht. Nichts kann mich dazu bringen, auf das zu verzichten, was ein solcher Tag, den man nur im Freien verbringt, mir schenkt. So daß ich einen Regentag ab und zu genauso brauche wie der Garten. Aber wie sähe es bei vielen nassen Tagen aus? Ich glaube, eine Woche stetigen Tröpfelns im Sommer reichte schon aus, um selbst das stärkste Herz niederzudrücken. Im Winter wird es dadurch erträglich, daß man einfach am Kaminfeuer sitzen bleibt. Wenn jedoch kein Feuer da ist, die Tage sehr lang sind und deine gute Laune sich nach und nach verflüchtigt, dann schleicht sich der Trübsinn von draußen herein und nistet in den leeren Winkeln des Herzens. Doch ich finde, es ist vertane Zeit und Energie, an einem solch strahlenden Tag zu grübeln, was ich tun würde, falls der Sommer naß und unfreundlich wird. Lieber sitze ich hier auf der Veranda und schaue durch den Laubrahmen auf all die Rosenknospen, die der Juni auf den Beeten rund um die Sonnenuhr ausgestreut hat, denke an gar nichts und freue mich des Lebens. Um zwei Uhr an einem Sommernachmittag ist die Veranda der richtige Platz, glücklich zu sein und keine Entscheidungen zu treffen, wie mir mein Freund Thoreau heute morgen an einem anderen ruhigen Ort zugeflüstert hat. Die Sessel sind bequem, ein Tisch zum Schreiben ist da, und die Schatten des jungen Laubs flirren über das Papier. Auf einer Seite drängen die jungen Schößlinge einer Crimson Rambler durch die Holzsparren. In diesem Jahr können sie zum ersten Mal, seit der Stock gepflanzt wurde, schauen, was ich hier oben treibe. Und die Clematis Jackmanii daneben hält sich mit weichen, jungen Fingern an allem fest, was ihr hilfreich erscheint, ihr ehrgeiziges Ziel, das Dach, zu erreichen. Mal sehen, welche von beiden es zuerst schafft. Unten auf den Rosenbeeten gibt es unter Hunderten von Knospen erst eine vollerblühte Rose, eine Marie van Houtte, eine der lieblichsten Teerosen, vollkommen in Form, Duft und Farbe, sie blüht in meinem Garten stets als erste. Ihre ersten Blüten sind immer die herrlichsten von allen, als ob sie der Meinung wäre, ihre ersten Kinder, die nach dem Winterschlaf den Himmel und die Sonne und den vertrauten Garten wiedersehen, müßten für diese festliche Gelegenheit die hübschesten Kleider anlegen, die sie auftreiben können.

Durch die offenen Fenster des Schulzimmers kann ich die beiden älteren Kinder beim Üben hören. Der Dorfschulmeister kommt jeden Nachmittag herüber und unterrichtet sie zwei Stunden lang, so daß wir keine Gouvernante im Haus brauchen, und danach sind sie den ganzen Tag lang frei von allem, was nach Lernen aussieht. Das Schulzimmer ist neben der Veranda, und da es bald zwei Uhr ist, steigert sich ihre Aufregung, sie flattern in ihren weißen Kleidern die Stufen auf und ab wie Engel auf der Jakobsleiter und spähen, wie regelrechte kleine Isolden, in den Büschen, bis er sich zeigt. Er ist ein sanfter Riese mit einem unerschöpflichen Vorrat an Geduld, wie man ihn oft bei solchen Riesen findet, besonders wenn sie zufällig Dorfschulmeister sind, und gemessen an dem Gelächter, das ich vernehme, scheinen die Kinder den Unterricht mehr denn je zu genießen. Jeden Tag binden sie Sträuße für ihn, er bekommt mehr davon als eine Primadonna, auf jeden Fall regelmäßiger. Bei seinem ersten Kommen fürchtete ich, sie würden von einem so großen, fremden Mann eingeschüchtert sein und sogar Tränen vergießen, aber gleich nachdem ich die Tür geschlossen und sie mit ihm allein gelassen hatte, hörte ich, wie sie, um seine

Freundschaft buhlend, eifrig mitteilten, ihre Köpfe würden jeden Samstagabend gewaschen und ihre Haarschleifen paßten nicht zueinander, weil nicht genug von einer Sorte zu haben gewesen waren. Ich entfernte mich in der Hoffnung, sie würden es nicht für nötig halten, ihm zu erzählen, wie oft mein Kopf gewaschen wird oder ihm andere Dinge persönlicher Art über mich mitzuteilen. Dennoch glaube ich, dieser Mann weiß bereits jedes kleinste Detail meiner Morgentoilette, welche die drei jeden Tag mit höchstem Interesse beobachten. Hoffentlich ist er beim Erzählen von Bibelgeschichten erfolgreicher als ich. Ich bin nie über Noah hinausgekommen – an dieser Stelle wurden ihre Fragen so eindringlich, daß sie mich vollkommen durcheinanderbrachten. Und da keiner sich gern verwirren läßt und es besonders bedauerlich ist, wenn Eltern in diese Lage geraten, beendete ich den Bibelunterricht abrupt, indem ich ihnen mit eulenhaftem Unfehlbarkeitsgehabe erklärte, sie seien gegenwärtig noch zu jung, um diese Dinge zu verstehen; und sie, in ihrem rührenden Glauben an die Wahrheit meiner Worte, gaben sich alle drei mit einem leisen zustimmenden Brummen zufrieden und schlugen vor, wir sollten statt dessen die Grasböschungen unter den Südfenstern hinunterrollen – eine Aufforderung, der ich, wie ich mich gern erinnere, nicht Folge leistete.

Der Schulmeister ist jedoch nach vier Wochen Unterricht schon bei Moses angelangt und hat Noahs Arche, die mir solchen Kummer bereitete, gefahrlos hinter sich gelassen, und wenn Zungenfertigkeit ein Zeichen von Wissen ist, dann haben sie ihre Geschichten gründlich gelernt. Gestern, nachdem er gegangen war, tauchten sie, ganz von Moses erfüllt, auf der Veranda auf und platzten förmlich vor Eifer, mir alles über ihn zu berichten.

»Herr Schenk hat uns heute alles von Moses erzählt«, begann das Aprilkind noch während es auf mich zustürzte.

»Ach ja?«

»Ja, und ein *bad bad king*, der sagte, jeder Junge muß totgemacht werden, und Moses war allerliebst.«

»Sprich doch englisch, liebes Kind, und nicht dieses gräßliche Durcheinander«, beschwor ich sie.

»Er war keine Katze.«

»Eine Katze?«

»Ja, er war keine Katze, der Moses – er war ein Junge.«

»Natürlich war er keine Katze«, sagte ich mit Bestimmtheit, »keiner hat das je angenommen.«

»Ja, aber Mama«, erklärte sie eifrig und fuchtelte dazu mit den Händen, »der Moses von der Köchin *ist* eine Katze.«

»Ach so. Und?«

»Und er wurde in einem Binsenkörbchen ins Wasser gelegt, und das ist geschwommen. Und dann sind sie eines Tages gekommen, und sie sagte – –«

»Wer ist gekommen? Und wer hat was gesagt?«

»Also die *Ladies*, und die Königstochter sagte ›Ach hör mal, da schreit so etwas.‹«

»Auf deutsch?«

»Ja, und sie gingen näher ran, und eine mußte Schuhe und Strümpfe ausziehen und ins Wasser gehn und das winzige Körbchen rausholen, und dann machten sie auf, und das Kindchen weinte und weinte und strampelte so –« Hier folgte eine lebhafte Vorführung des Strampelns, welche die ganze Veranda erbeben ließ, »und schau! Es ist ein kleinwinziges Baby, und dann holten sie jemand, der ihm zu essen gab, und die Königstochter kann den Jungen behalten, und weiter geht es nicht.«

»Hast du Moses lieb, Mama?« fragte das Maikind, sprang auf meinen Schoß und nahm mein Gesicht in beide Hände – eine der vielen Liebkosungen eines süßen, zärtlichen Wesens.

»Ja«, erwiderte ich tapfer, »ich hab ihn lieb.«

»Ich dann auch!« riefen sie hocherfreut wie aus einem Mund – auf diese Weise war ihnen Brief und Siegel darauf gegeben worden, daß sie mit ihrer Wertschätzung der biblischen Figur recht hatten. Wird einem solcherart bestätigt, das eigene Urteil über alles und jedes in der Welt sei absolut und endgültig, so kann man gewiß stolz darauf sein, doch bei diesem Stolz knistert es, wie das immer bei Stolz der Fall ist, nur so von Stolpersteinen und Hinterhalten, falls man leicht schwach in den Knien wird. Und so enden die meisten meiner Gespräche mit den Kindern mit einem abrupten Themenwechsel, herbeigeführt von ihren abwegigen Bemerkungen und unbeantwortbaren Fragen. Glücklicherweise machte gestern das Aprilkind dem Gespräch über Moses selbst ein Ende, weil ihr plötzlich einfiel, daß sie heute ihrer Lieblingspuppe, einem Holländermädchen namens Mary Jane, das durch einen schlimmen Unfall beide Beine verloren hatte, noch nicht ihr Mitleid bezeigt hatte. Rasch lief sie ins Schulzimmer, zog die Puppe aus der dunklen Ecke hervor, wo die Versehrten ihre Bleibe haben, und drückte sie an mein Gesicht, ehe ich noch mein Nachdenken über Art und Maß meiner Liebe zu Moses beendet hatte – denn ich bemühe mich stets um Gewissenhaftigkeit – und mich auf die nächsten Fragen vorbereiten konnte.

»Schau, die arme Mary Jane«, sagte sie, wobei ihre Stimme und ihre Hand vor Ergriffenheit zitterten und sie der Puppe die Röcke hochhob, um mir das volle Ausmaß des Unglücks zu zeigen, »schau, Mama, keine Beine – nur Höschen und sonst nix.«

Ich wünschte, sie würden etwas besser Englisch sprechen. Die Mühe, die ich mir gebe, sie zu korrigieren und die deutschen Wörter, die in jedem Satz wuchern, auszujäten, ist wirklich ermüdend und das Ergebnis entmutigend. Je älter sie werden, um so mehr setzt sich das Deutsche durch und droht das letzte bißchen Englisch ganz zu verschlingen. Ich selbst spreche regelmäßig Englisch mit ihnen, doch alle anderen nur Deutsch, auch das kleine französische Kindermädchen, das wir kürzlich importiert haben. Irgendwer hat mir gesagt, das Beste sei, schon Kleinkinder mit mehreren Sprachen aufwachsen zu lassen. In diesem Alter ist es für sie so leicht wie essen und trinken, sie nehmen die Sprache auf, ohne bewußt zu lernen. Worauf ich sofort dieses französische Mädchen in die Familie holte und nicht darauf achtete, wie wenig Englisch sie konnte. Von nun an brachten sie ihr voller Freude Deutsch bei. Zuerst waren sie verwundert, als sie entdeckten, daß sie kein Wort von dem verstand, was sie sagten und gingen energisch daran, diesen unerfreulichen Zustand zu beenden. Und da sie drei gegen eine und äußerst zielstrebig sind, und sie eine zahme kleine Person ist mit einem Profil wie eine Teekanne, der Henkel ihr schwarzer Zopf, war der Erfolg von Anfang an garantiert, und sie kommt mit ihrem Deutsch sehr hübsch voran, zumindest hat sie schon alle Fehler gründlich gelernt. Mit überraschtem Gesichtsausdruck wandert sie durch den Garten wie jemand, der sich in nie gekannten Welten bewegt. Und die drei hängen an ihrem Rockschoß und geben ihr den lieben, langen Tag begeistert Unterricht.

Arme Séraphine! Welch eine mutige Tat, mit achtzehn die Anker zu lichten und ins Ausland aufzubrechen, zu einem Ort, wo sie ganz und gar unter Fremden ist, ohne Freunde, unfähig, auch nur ein Wort der anderen Sprache zu sprechen, und vor der Abreise nicht einmal sicher, daß sie auch genug zu essen bekommen würde. Entweder handelt es sich hier um jene betrübliche Courage, die den Schüchternen von der Notwendigkeit aufgezwungen wird, oder, wie Doktor Johnson vermutlich gesagt hätte, um pure Unvernunft. Ich fürchte, wenn ich sie so anschaue, stimme ich insgeheim dem Apostel des gesunden Menschenverstands zu und nehme einfach an, sie sei tieferer Gefühle nicht fähig, aus dem allerdings unzureichenden Grund, daß sie Ähnlichkeit mit einer Teekanne hat. Eigentlich ist es traurig, daß ein Mensch womöglich eine engelsgleiche Seele besitzt, einen Hort süßer Klänge und Harmonien, und die Welt nichts davon wahrnimmt, da ihm die Natur ein Kinn verweigert. Das ordinäre Vorurteil hält sich eben ans Kinn, wer wollte sich seinem Einfluß widersetzen? Ich jedenfalls bring's nicht fertig, obwohl ich theoretisch keineswegs dem Glauben anhänge, der Körper sei der Spiegel der Seele. Hat denn nicht jeder von uns Freunde, die, wie wir wissen, das Vornehme und Gute über alles lieben, und ihrerseits durchaus nicht vornehm und gut aussehen? Und was ist mit den Schönen, die nichts auf der Welt lieben außer sich selbst? Aber wer um Himmels willen gibt etwas darauf, wie perfekt die Seele sein mag, die in einem kinnlosen Körper lebt, wie bescheiden, wie zart, wie reizend? Kein Mensch nimmt sich die Zeit, in die Seele zu schauen, und die Kinnlosen müssen sich damit abfinden, so gutmütig und tolerant behandelt zu werden wie etwa arme Verwandte, bis zu dem Tag, wo sie sich einen Bart wachsen lassen können. Diejenigen aber, deren Geschlecht ihnen diese glorreiche Möglichkeit verweigert, müssen sich, falls sie intelligent genug sind, sehr davor hüten, mit Menschen- und Engelszungen zu reden. Denn nichts wirkt komischer, als große Worte und poetische Ideen aus einem Gesicht, das nicht dazu paßt.

Es wäre schon besser, ich würde mich nicht so leicht vom Aussehen beeinflussen lassen. Manchmal, wenn ich mit einem Freund lange korrespondiert hatte, war er mir sehr ans Herz gewachsen. Ich sehe, wie schön seine Seele ist, wie stolz sein Geist, wie großmütig sein Gefühl, und daß er bereits über alle jene vollkommenen Eigenschaften wie Güte, Geduld und Einfachheit verfügt, nach denen ich so lange und bisher vergeblich gestrebt habe. Es liegt mir aber nichts daran, ihn mit allen Vorzüglichkeiten auszustatten, die mir teuer sind, um mich damit unbeirrt ins Land der schönen Illusionen zu begeben, zu dem unsere Schritte sich gern hinwenden, sobald man sie nicht zügelt. Es ist sein wahres Wesen, das unbewußt aus seinen Briefen hervortritt, ein Mann ohne jede Körperlichkeit. Dann sahen wir uns wieder, und alle Illusionen verflogen mit einem Schlag. Er war so, wie ich ihn immer fand, wenn wir zusammen waren: vortrefflich und liebenswert. Aber irgendeine Eigenheit, ein Zug oder eine Haltung, die mir mißfiel, ließ mich vergessen, was ich aus seinen Briefen über ihn erfahren hatte. Ich konnte mich einfach nicht mehr daran erinnern. Zweifellos erging es ihm mit mir genauso, und auf diese Weise entstand zwischen uns ein undurchdringlich dichter Schleier, den wir, sosehr wir uns auch anstrengten, nicht lüften konnten.

»Nun, und was schließt du daraus?« fragte der Grimmige, mit seinem Gewehr und den Hunden aus der Verandatür tretend, um die Eichhörnchen zu schießen, bevor sie zu viele Singvögel räubern. Ich hielt ihn, als er vorbeiging, am Ärmel fest wie einen ungebetenen Hochzeitsgast, der ungeduldig an mir vorbeistrebt, während ich den oben geschilderten Gefühlen Ausdruck gab.

»Ich weiß nicht«, gab ich zurück, »es sei denn, die Welt ist schlecht und die Zeiten immer schlimmer, aber das erklärt auch nichts, weil es ja doch nicht wahr ist.«

Lachend ging er die Stufen hinab, schüttelte den Kopf und brummelte etwas, was ich nicht ganz verstand, worüber ich froh war, denn die einzigen Worte, die bis zu mir drangen, waren Frauen und Unfug.

Zu meiner großen Erleichterung hat der Grimmige eine unerwartete Begeisterung für die Landwirtschaft entwickelt, und obwohl wir zuerst unseren Aufenthalt hier zögernd auf ein Jahr befristet hatten, sind inzwischen drei vergangen, und es ist nicht die Rede davon, zurück in die Stadt zu ziehen. Das wird auch in Zukunft kein Thema sein, falls er nicht davon anfängt, denn nie zuvor habe ich drei glücklichere Jahre verbracht, noch nicht einmal meine wundervolle Kinderzeit, die immer lichter wird, je weiter ich mich davon entferne, hätte schöner und erfüllter sein können. Gewiß, es waren einfache Freuden, solche, über die der Weltmann gern die Nase rümpft. Aber wer kümmert sich schon um gerümpfte Nasen? Ich bin einfach und werde es nie müde, mich meiner seligen Freiheit und Unbeschwertheit zu freuen. Selbst so scheinbar unwichtige Dinge wie ins Freie gehen, ohne zuvor Hut, Handschuhe und Schleier anlegen zu müssen, haben ihren zarten Reiz, der nie verblaßt und von dem ich nie genug bekommen kann. Es ist klar, ich bin für ein ruhiges Landleben geboren, und hier ist es wirklich ruhig, so sehr, daß ich manchmal nicht weiß, vergeht die Zeit im Traum oder in der Wirklichkeit, stille Tage zum Lesen und Nachdenken und Zusehen, wie das Licht sich verändert und die Blumen wachsen und welken; dann wieder frische Tage, wo das Leben so voller Schwung und Würze ist, daß man kaum aufhören kann zu jubeln vor Glück; warme stille Tage, wo man in einem abgelegenen Winkel im Gras liegt und den vorüberziehenden Wolken nachschaut – was, wie ich gern zugebe, eine besonders würdelose Haltung ist. Doch man bedenke auch die moralische Erbauung! Am Morgen die Schlafzimmerfenster zu öffnen, bereitet mir immer neues Vergnügen. Genau unter ihnen ist ein Beet mit vollerblühten Rauken; um diese Stunde liegt es im Schatten des Hauses, der Giebel zeichnet sich scharf auf dem Rasen dahinter ab. Und sobald sie sehen, wie ich mich aus dem Fenster lehne, schicken sie mir ihren duftenden Gruß herauf, sehr darauf bedacht, die hübsche deutsche Sitte des »Guten Morgen« nicht zu vernachlässigen. Gekleidet in viele liebevolle Worte rufe ich meinen Gruß zurück, und nun wallt ihr Duft betörend zu mir herauf und bedeckt mein Gesicht mit den zärtlichsten, leichten Küssen. Hinter ihnen, auf der anderen Seite des Rasens an dieser Westseite des Hauses steht eine dichte Fliederhecke in herrlicher Blüte – ich wünschte, jeder, der Flieder liebt, könnte sie so sehen. Vor einem Jahrhundert wohnte hier ein Mann, der seinen Garten liebte. In jüngeren Jahren stand ihm der Sinn auch sehr nach Reisen, doch auf all seinen Fahrten vergaß er nie sein kleines Fleckchen Erde, und er brachte Samen von vielen seltsamen Bäumen mit, die man hier nie zuvor gesehen hatte, und experimentierte mit ihnen in dem ungewohnten Boden. Viele gingen ein, doch einige hielten durch und wuchsen und gediehen und spenden mir nun zur Teezeit ihren Schatten. Niemand weiß, welche Blumen der Mann bevorzugte und wie er seine Pflanzungen anlegte, nur daß die elf Rabatten um die Sonnenuhr seine Idee waren. Und eines schien er außerordentlich ins Herz geschlossen zu haben: den Flieder. Ihm verdanken wir die atemberaubende Schönheit des Gartens im Mai und im frühen Juni, denn er war es, der dichte Gruppen und Gebüsche davon zwischen den Kiefern und Föhren gepflanzt hat. Wo immer ein Fliederbusch hinpaßte, wurde einer gesetzt, und keineswegs die einfachsten Sorten, sondern eine Vielzahl von erlesenen in weiß, purpur, rosa und violett. Er muß sie mit besonderer Sorgfalt und Überlegung gepflanzt haben, denn sie wuchern hier so fröhlich wie nichts sonst und halten die Erinnerung an ihn, zumindest in meinem Herzen, lebendig. An der Wand hinter unserem Kirchenstuhl befindet sich sein Gedenkstein. Er ist in hohem Alter hier gestorben, seine letzten Stunden erfüllt von Frieden, wie es einem guten Mann zukommt, der seinen Garten liebte. Den langen lateinischen Lobreden auf seine Tugend und Vortrefflichkeit füge ich, wenn ich sonntags daran vorbeigehe, stets ein herzliches Amen hinzu. Wer würde nicht in das Lob eines Mannes einstimmen, dem er seinen Flieder, seine Edelkastanien, Tulpenbäume und Pyramideneichen verdankt. »Er war ein guter Mann, denn er liebte seinen Garten« – das ist der Spruch, den ich auf seinen Gedenkstein gesetzt hätte, weil er viel mehr über seine Güte sagt und sie besser erklärt als noch so viele wohlklingende lateinische Worte. Wie hätte er anders als gut sein können, wo er doch so an seinem Garten hing – jenem göttlichen Filter, der alle Grobheit und Schwerfälligkeit aus uns heraussaugt und uns, jedesmal, wenn wir uns in ihm aufgehalten haben, klarer, reiner und zuversichtlicher entläßt?

16. Juni.

Gestern morgen stand ich um drei Uhr auf und stahl mich durch die hallenden Gänge und fremd anmutenden dunklen Räume, öffnete mit zitternden Händen den Riegel an der Verandatür und trat hinaus in eine wunderbare, unbekannte Welt. Ein paar Minuten verharrte ich reglos auf den Stufen, fast verängstigt von der ehrfurchtgebietenden Reinheit der Natur, da alle Sünde und Häßlichkeit in tiefem Schlaf liegt und nur die Schönheit hervortritt. Es dämmerte bereits, ein silberner Mond hing im wolkenlosen graublauen Himmel. Alle Blumen waren schon wach und durchtränkten die Luft mit ihrem Balsam. Eine Nachtigall saß in der Weißbuche ganz nah bei mir und sang hingerissen der bald aufgehenden Sonne entgegen. Dort zu meinen Füßen war die Sonnenuhr, da waren die Rosensträucher, da lag der Maßliebchenstrauß, den ich am Abend vorher fallen gelassen hatte, noch auf dem Pfad, doch wie seltsam und befremdlich das alles aussah und wie verklärt – als habe Gott selbst da in der Nachtkühle einen Spaziergang gemacht. Ich ging den Weg hinunter, der zum Fluß an der Ostseite des Gartens führte, schob die Nachtviolen beiseite, die sich schläfrig unter der Last des Taus vornüberneigten. Die Rittersporne zu beiden Seiten reckten ihre himmelblauen Spieße dem Stahlblau des Firmaments entgegen, und die fülligen Mohnblumen leuchteten wie Blutflecke zwischen den Blau-, Grau- und zarten Perlweißtönen des unschuldigen, neugeborenen Tages. Auf der Gartenseite am Fluß steht eine lange Reihe von Silberbirken, und auf der anderen Seite wiegt sich ein Roggenfeld in staubgrauen Wellen bis zum Horizont, wo bereits eine düstere Glut aufbrannte. Ich ließ mich auf den gebeugten, schon halb gestürzten Stamm einer Silberbirke nieder und wartete, die Füße im hohen Gras und in vom Tau durchweichten Pantoffeln. Durch die Bäume konnte ich das Haus mit seinen geschlossenen Läden und Vorhängen sehen. Die Menschen darin waren unsichtbar, so wie mir Tag für Tag die Schönheit dieser Morgenstunde unsichtbar gewesen war. Gleich hinter mir endete das Beet mit Nachtviolen und Rittersporn, und als ich den Kopf umwandte, um einer schleichenden Katze nachzuschauen, streifte mein Gesicht die feuchten Blütendolden und bekam seine erste Morgenwäsche. Es war wunderbar still, die Nachtigall in der Weißbuche hatte den ganzen Garten für sich allein. Reglos saß ich da und beobachtete, wie die Glut im Osten aufloderte. Still war es und einzigartig schön. Am Tag sind ja überall Menschen und Stimmen und Geschäftigkeit und Hin- und Hereilen, die ganze trostlose Mühe, unsere Körper zu erhalten und sie zu pflegen, damit sie wiederum für unsere Erhaltung arbeiten können. Aber hier war die Welt hellwach und gehörte mir doch ganz allein, die betörenden Düfte nur für mich, keine Menschenseele, außer mir, vernahm die Nachtigall, in ein paar Augenblicken würde die Sonne mich wärmen, nirgends wurde auch nur ein einziges böses Wort gesprochen, keine selbstsüchtige Tat begangen, nirgendwo etwas, was die gesegnete Reinheit der Welt, die Gott uns gegeben hat, trüben könnte. Glaubte man an Engel, man müßte überzeugt sein, sie hätten uns am liebsten, wenn wir in tiefem Schlaf liegen und einander nicht kränken können. Welch ein Segen, einmal in vierundzwanzig Stunden zu müde zum Streiten zu sein! Die Türen zu, die Lichter aus und selbst die boshafteste Zunge verstummt: Wir alle, die wir schimpfen und beschimpft werden, glücklich und unglücklich sind, Herr und Sklave, Richter und Angeklagter, werden wieder zu Kindern, müde, still, hilflos und versöhnt. Gelobt sei der Schlaf, der uns eine Zeitlang in kindliche Unschuld zurückversetzt. Sind wir, wenn wir aufwachen, nicht stets zu guten Taten aufgelegt? Wissen wir nicht alle, daß selbst in schlechten Zeiten unsere ersten Gedanken nach dem Erwachen froh und ermutigend sind? Im Traum waren wir glücklich, mit einem Lächeln wachen wir auf und blicken lächelnd für einen Augenblick auf unsere unveränderten Sorgen, bevor wir sie erschreckt wiedererkennen.

Am Himmel waren keine Wolken, und unvermittelt stieg die Sonne aus dem Roggenfeld, ein großer, nackter, roter Ball, und das Grau des Felds verwandelte sich in Gelb, lange Schatten lagen auf dem Gras, und die von Feuchtigkeit besprühten Blumen funkelten wie Diamanten. Während ich da saß und das alles in mich aufnahm und mir einbildete, zutiefst zufrieden zu sein, fiel plötzlich die Gewißheit von Schmerz und Leid und Tod wie ein schwarzer Vorhang zwischen mich und die Herrlichkeit des Morgens, jener Gedanke, dem ins Gesicht zu sehen es unseres ganzen Mutes bedarf – die Vorstellung von der schrecklichen Einsamkeit, in der jeder von uns lebt und stirbt. Oft könnte ich weinen vor Mitleid mit unserem Elend, der trostlosen Vergeblichkeit unserer Mühen. Mit welch unendlicher Geduld bauen wir tröstliche Theorien auf, die in schweren Zeiten unsere entblößten, zitternden Seelen beschützen sollen! Und wie oft versagt diese kunstreiche Vorsorge in dem Augenblick, wo uns ein tödlicher Schlag trifft.

Ich stand auf und wandte mein Gesicht von der unerträglich gleichgültigen Helle ab. Myriaden kleiner Sonnen tanzten vor meinen Augen, als ich am Flußufer entlang zu der Bank um die Eiche in meinem Frühlingsgarten ging. Dort saß ich eine Weile, betrachtete den Morgen, sog ihn in tiefen Atemzügen ein und beschloß, an nichts mehr zu denken und einfach glücklich zu sein. Überall war der Geruch von frisch gemähtem Gras, es war am Vorabend zusammengerecht worden, und auf den kleinen Haufen schimmerten die Tautropfen in der Sonne. Dort drüben begannen die Mohnblüten zu glühen, sie flammten der Sonne entgegen, kühne Glut gegen Feuer. Über das nasse Gras ging ich zur Hängematte unter der Buche auf dem Rasen, lag dort und versuchte, im Takt des Nachtigallenlieds zu schaukeln. Dann spazierte ich hinüber zum Kühlhaus, ich wollte wissen, wie Goethes kleines Reich um diese Stunde aussah. Unten im Kiefernwald am Ende des Gartens, wohin ich als nächstes meine Schritte lenkte, fand ich wie überall das gleiche Geheimnis, die Stille, das Wunder. Gegen vier Uhr begab ich mich zum Haus zurück; auf keinen Fall wollte ich den Gärtnern begegnen, die über meine kostbare, stille Stunde, von Morgenrock und Pantoffeln ganz zu schweigen, alles herumschwätzen würden. Ich pflückte einen Rosenstrauß und eilte ins Haus, und gerade, als ich leise den Türriegel vorschob, voller Angst, für einen Einbrecher gehalten zu werden, hörte ich den ersten Wasserwagen des Tages knarrend um die Ecke biegen. Leise schlich ich hinauf in mein Zimmer, und als ich um acht Uhr aufwachte und die Rosen in einem Glas an meinem Bett stehen sah, erinnerte ich mich an das, was geschehen war, als sei es schon Jahre her.

Nun hatte ich ein Erlebnis gehabt, das ich so bald nicht vergessen würde, etwas überaus Kostbares für mich ganz allein. Es war, als hätte ich der Welt einen Streich gespielt und sie so gesehen, wie sie in unbeobachteten Stunden ist – als hätte ich mich unversehens dem tiefsten Kern der Dinge genähert. Das Stille, Feierliche dieser Stunde schien mir jetzt um so geheimnisvoller, da gestern kurz nach dem Frühstück ein Wind aus Nordwesten aufkam und seither nicht nachgelassen hat. Beim Blick aus dem Fenster vermag ich kaum zu glauben, daß dies noch derselbe Garten ist: die Wolken ziehen in dunklen Schichten darüber hin, und ab und zu überfallen kurze, heftige Schauer seine verwirrten, wehrlosen Bewohner, die ihre Wurzeln nicht aus der Erde reißen und um ihr Leben rennen können, was sie sicherlich nur zu gern täten. Wie traurig für eine Pflanze, die eben noch ihre lieblichsten Blüten geöffnet hat, von denen sie den ganzen Winter lang träumte, das Werk ihrer harten Arbeit unter der Erde während der kalten Frühlingswochen, und dann kommt ein boshafter Guß, der nur fünf Minuten anhält, und entblättert sie, schlägt auf sie ein und bedeckt die zarten, zerbrechlichen Dinger mit häßlichen Dreckspritzern! Auf jedem Beet reihen sich die Opfer des Regensturms, und die, welche dem ersten standgehalten haben, werden vom nächsten hingemäht. Wahrscheinlich muß ich mich darauf einstellen, alle Blumen, die zur vollsten Schönheit erblüht waren, zerstört zu sehen, auch die weiße Blütendolde, die – ist es schon hundert Jahre her? – mein Gesicht streifte. Da heißt es, unverdrossen auf die Entfaltung der jungen Knospen hoffen, die nicht zu Schaden gekommen sind.

Ich kenne diese Stürme. Sie kommen ganz plötzlich, immer aus Nordwesten, und bringen Kälte mit. Für einen oder zwei Tage ruinieren sie meinen Garten – im Sommer gehen sie mir auf die Nerven und zu allen anderen Jahreszeiten unter die Haut. Doch sie haben auch etwas Wertvolles, mit ihnen kommt ein herrliches kaltes Licht, ein klarer, tiefblauer Himmel mit der fast purpurfarbenen Schwärze der Wolken, die sich schon in den nächsten Minuten zu köstlichem Weiß wandelt. Sie jagen heulend über das flache Land, als ob zehntausend Teufel mit Peitschen hinter ihnen her wären, und wenn dann die Sonne durchbricht, gleicht nichts in der Natur dieser klaren Schärfe der Luft; alles Milde, Unbestimmte ist weggefegt, und jedes Blatt und jeder Zweig glitzert im kühlen Licht. Er trägt nicht zum Wohlbefinden bei, dieser Nordweststurm. Er behandelt uns wie den Garten, doch mit gegensätzlicher Wirkung: Er reibt alles Weiche aus unseren Gesichtern, ich sehe es an den Kindern und kann dem weiteren Beweis an meinem eigenen Spiegelbild aus dem Weg gehen. Aber er bringt auch Leben mit, glühendes, intensives, robustes Leben, und wenn im Oktober, nach Wochen heiteren Wetters, der Sturm plötzlich mit seiner ganzen Wildheit einfällt, überraschend die Kälte da ist, die Bäume innerhalb einer Stunde laublos dastehen – das ist ein aufrüttelndes Gefühl. Der Winter steht vor der Tür, Zeit, sich aufzuraffen, Arbeit und Selbstzucht und Strenge erwarten uns, die ernste Jahreszeit, die uns zwingt, unsere Träume und Sehnsüchte beiseite zu legen und uns den Tatsachen zu stellen. Sie zeigt uns, aus welchem Stoff wir gemacht sind. Keiner mag wohl den Sommer, die holde Zeit der Schwärmereien, mehr als ich. Doch ich habe nicht das Bedürfnis, ihn zu verlängern, indem ich in den Süden fliehe, sobald der Winter anklopft, und mich um die Lehren eines halben Jahres herumdrücke. Es ist schön und lehrreich, mit seinen Pflanzen zu werkeln, doch es ist auch unerläßlich für Leib und Seele, die Arbeit ein paar Monate ruhen zu lassen und sich mit den grimmigen Seiten des Lebens zu befassen. Ein langer, harter Winter, ohne auszuweichen von Anfang bis Ende erlebt, ist eine der heilsamsten Erfahrungen der Welt. Er duldet keinen Spaß, sein tödlicher Ernst läßt keine Hirngespinste und zarten Empfindungen aufkommen. Das Thermometer sinkt auf –20 °R, und mit ihm geht es abwärts zu den Realitäten, zu jenem Elementarzustand, wo alles übergroß scheint – Gesundheit und Krankheit, Freude und Trauer, Entzücken und Verzweiflung. Dann denkt man an seine ärmeren Nächsten, eilt in ihre Häuser und schaut nach, ob sie mit ausreichend Wärme und Nahrung für den langen Kampf gewappnet sind. Und bei sich zu Hause rückt man näher zusammen. Draußen ist es zum Gehen zu kalt, also läuft man und wird dafür mit der Überzeugung belohnt, keinesfalls älter als fünfzehn zu sein. Oder man schlüpft in seinen Pelz und gleitet geschwind im Schlitten über den Schnee, und kaum eine Musik ist lieblicher als sein Glockengeläut. Oder man nimmt die Schlittschuhe und macht sich auf zum See, zu dem man so oft an Juniabenden gefahren ist, als er rosig im Abendlicht unter Schwärmen von Wildenten und Regenpfeifern lag. Jetzt ist es dort totenstill, nur das Schwirren der Schlittschuhkufen ist zu vernehmen, und es wäre melancholisch, fühlte man sich nicht so fröhlich und warm. Unter keinen Umständen möchte ich auch die frühe Dunkelheit missen, den behaglichen Tee am Kaminfeuer und die langen Abende mit meinen Büchern. An solchen Abenden bin ich froh, nicht in einer Höhle zu leben, wie es mir, zugegeben, in hochgemuteren Zeiten schon vorschwebte. Dann bin ich auch am ehesten imstande, mit wachem Geist den Ausführungen des Grimmigen zu folgen. Und dann lausche ich nur zu gern dem Gebrüll des Sturms und stimme, die Füße am warmen Feuer, aus ganzem Herzen dem Dichter zu, der behauptet, alles, was wir erblickten, sei voll des Segens.

Doch gibt es etwas Traurigeres als einen kalten Sturm im Hochsommer? Den ganzen Tag habe ich fröstelnd und niedergeschlagen zugebracht, eingesperrt hinter den regenüberströmten Fensterscheiben. Ein Feuer wollte ich nicht, weil es in den Wetterpausen, wenn die Sonne heiß brennt, so fehl am Platz erscheint. Ein- oder zweimal griff ich dann doch nach der Klingel und wollte veranlassen, daß Feuer gemacht wird, aber da kam gerade die Sonne hervor, es war wieder Juni, und ich rannte frohgemut in den tropfenden, glitzernden Garten, nur um fünf Minuten später von einem noch stärkeren Guß wieder ins Haus gejagt zu werden. Verdrießlich umkreiste ich die Säule mit den Büchern auf der Suche nach dem, was am besten geeignet war, mich abzulenken, doch sie sahen alle finster und abweisend drein. So setzte ich mich in einen sehr tiefen Sessel und überlegte, ob es – falls noch viele solche Tage folgen sollten – nicht doch angebracht wäre, ein paar nette Menschen herzubitten, die in den anderen tiefen Sesseln, jetzt so ungewöhnlich riesig und leer, Platz nehmen. Als der Grimmige zum Tee erschien, war der Raum von schweren Wolken draußen ganz verdunkelt, und er mußte sich erst umschauen, bevor er mich entdeckte. Vermutlich sah ich in dem großen, düsteren Zimmer recht verloren aus, kleiner als sonst in dem tiefen Sessel vergraben, denn als er mich endlich wahrnahm, breitete sich ein unangebracht heiteres Lächeln über seine Züge.

»Nun, mein Liebes«, sagte er leutselig, »wie gräßlich kalt es draußen ist.«

»Bist du nur hereingekommen, um mir das mitzuteilen?« fragte ich.

»So ein Sturm kommt im Sommer höchst selten vor«, fuhr er fort, worauf ich nichts zu erwidern hatte.

»Ich habe dich zuerst gar nicht gesehen in all den Sesseln und Kissen. Schließlich entdeckte ich dich, aber es war so dunkel, daß ich dachte, du wärst auch ein Kissen.«

Nun läßt sich keine Frau gern für ein Kissen halten, also stand ich auf und fing, in eisiges Schweigen gehüllt, an, den Tee einzuschenken.

»Ich fürchte, ich kann mein Versprechen, niemanden hierher einzuladen, nicht halten«, sagte er und beobachtete, während er sprach, mein Gesicht.

Mein Herz machte einen spürbaren Satz – so gering ist nun mal die Standfestigkeit und Seelenstärke der Frauen. »Aber es wird nur für eine Nacht sein.« Mein Herz sank, als wäre es aus Blei. »Und ich habe gerade ein Telegramm bekommen, daß es heute nacht sein wird.« Mit einem neuen fröhlichen Sprung setzte sich mein Herz wieder aufwärts in Bewegung.

»Wer ist des denn?« wollte ich wissen. Er berichtete mir, es sei der am besten geeignete Kandidat für die freie Pastorenstelle. Unser bisheriger Pastor war zum Superintendenten, auf den höchsten Rang der Lutherischen Kirche, befördert worden. Der Sturm mußte mich wirklich kleingekriegt haben – hätte ich mich sonst über den Besuch eines einsamen Pastors so gefreut? Eigentlich ist mir die gesamte Gilde der lutheranischen Pastoren zuwider – es steht mir nicht an, zu entscheiden, ob es ihre oder meine Schuld ist – und der, welcher uns jetzt verläßt, ist der einzige mir bekannte, den ich aus ganzem Herzen bewundere, achte und mag. Aber er ist wirklich ein Sonderfall in seiner außerordentlichen Frömmigkeit, vollkommenen Schlichtheit und echten Demut, und obwohl ich weiß, wie unwahrscheinlich es ist, daß wir noch einmal einen so guten finden, und ich mich für die Begierde verachtete, mit der ich ein neues Gesicht herbeisehnte, war ich urplötzlich sehr guter Laune. So ist es nun mal um die Schwäche des weiblichen Gemüts bestellt, und so unerwartet zeigen sich die Folgen von zwei Monaten völliger Abgeschiedenheit und vierundzwanzig Stunden Sturm obendrein.

In den letzten Wochen erreichten uns zahllose Bewerbungen um diese Stelle, die für den Teil des Landes besonders üppig dotiert ist, mit einem Jahreseinkommen von sechstausend Mark, einem schönen Haus und mehreren Hektar Land. Der Grimmige war durch die Qual der Wahl recht mitgenommen. Nach den Empfehlungsschreiben zu urteilen waren sie alle großartige Persönlichkeiten, machtvolle Prediger, wie man sie nie gekannt hat, erkundigte man sich jedoch näher, gab es ganz bestimmt einen Haken. Der eine war zu alt, der andere nicht alt genug, einer hatte zwölf Kinder – das Pfarrhaus hat nur Platz für acht –; einer hatte ein böses Weib, und ein anderer stand politisch den Liberalen nah – ein fataler Fehler; einer war in Geldschwierigkeiten, weil er mehr ausgab, als er verdiente, was keineswegs überraschte, hörte man, wie wenig das war, und noch ein anderer war in seiner Gemeinde unbeliebt, weil er und seine Frau knauserten und überhaupt nichts ausgaben. Am Ende erklärte der Grimmige, jetzt sei der Moment gekommen, wo er entweder jemanden anstellen müsse oder seines Rechts dazu verlustig gehen würde, und so hatte er an den geschrieben, der heute kommen sollte. Er hatte ihn eingeladen, damit er ihn anschauen und ihm Fragen nach seinem innersten Glauben stellen konnte.

Als ich an diesem Abend dasaß und dem munteren Geplauder des kleinen Pastors zuhörte, vergaß ich meinen Trübsinn und den schon halb gefaßten Entschluß, mein Einsamkeitsgelübde zu brechen und das Haus mit lebenslustigen Leuten zu füllen. Er schien in der Tat frohgestimmt, wozu das Leben, das er führte, ihm kaum Anlaß zu geben schien, eine Existenz, mit der sich übrigens die meisten deutschen Pastoren abfinden müssen, da gut ausgestattete Stellen hier so rar sind wie überall. Mit erfreulicher Offenheit erzählte er uns alles über sich, wie er mit seiner Frau und sechs Kindern von einem Einkommen von zweitausend Mark lebte und daß er sich oft nicht einmal ordentliche Schuhe für die Familie leisten konnte. »Ständig entwerfe ich Haushaltspläne«, berichtete er, »aber die Schusterrechnung ist immer viel höher als erwartet und wirft alle meine Berechnungen über den Haufen.«

Natürlich kränkelte seine Frau, doch sein ältestes Kind, das arme, eine zehnjährige Tochter, nahm der Mutter bereits eine Menge der täglichen Lasten ab. Er gab sich vollkommen natürlich und sagte uns schlicht und aufrichtig, er wäre, sollte die Wahl auf ihn fallen, von vielen drückenden Sorgen befreit. Worauf ich im stillen beschloß, sollte er nicht gewählt werden, so wäre fortan zwischen dem Grimmigen und mir das Tischtuch zerschnitten.

»Hast du ihn mit Fragen über seine prinzipielle Einstellung bedrängt?« fragte ich den Grimmigen, dem ich aufgelauert hatte, als er von seinem Gespräch unter vier Augen mit ihm zurückkehrte.

»Prinzipielle Einstellung? Meine liebe Elizabeth, wie kann er bei diesem Einkommen eine haben?«

»Wirst du es als Hindernis ansehen, wenn er kein Konservativer ist, und dieses kleine Ding dazu verurteilen, weiterhin anderen die täglichen Lasten abzunehmen?«

»Meine liebe Elizabeth«, protestierte er, »was hat meine Entscheidung für oder gegen ihn damit zu tun, daß kleine Kinder dazu verurteilt sind, dies oder das zu machen? Ich kann mich doch wirklich nicht von Sentimentalitäten leiten lassen.«

»Wenn du ihm die Stelle nicht gibst« – und ich hielt, als er den Rückzug antrat, einen furchtbar drohenden Zeigefinger hoch, über den er sich freilich nur amüsierte.

Als der Pfarrer kam, um gute Nacht und auf Wiedersehn zu sagen, weil er frühmorgens wieder wegmußte, sah ich ihm sofort an, daß alles in Ordnung war. Er beugte sich über meine Hand, stammelte

Dankesworte und versprach so viel Ergebenheit und Segenswünsche, daß ich allmählich eine sehr gute Meinung von mir bekam, als ob ich etwas höchst Tugendhaftes vollbracht hätte. Ein ähnliches Gefühl malte sich auch auf den Zügen des Grimmigen. Daraufhin kam ich zu dem Schluß, wir hätten alle nichts anderes getan, als die Stelle so gut zu besetzen, wie wir es vorhatten, und es gäbe keinerlei Grund, uns so wohltätig zu fühlen und so selbstgefällig auszusehen. Aber sogar jetzt noch, während der siegreiche Kandidat von seinem verdreifachten Einkommen und seiner morgigen glorreichen Heimkehr träumt, ist der Glanz nicht völlig erloschen, und ich überlasse mich freudig dem Bewußtsein, acht Menschen jener scheußlichen Kümmernisse enthoben zu haben, die das Leben der verschämten Armen jeglicher Farbe berauben. Ich bin richtig froh über seine vielen Kinder – um so mehr konnten wir glücklich machen. Mit dem kleinen Verdienst werden sie sich reich fühlen, und ohne Zweifel werden sie das kluge und anstellige älteste Mädchen seinen wohlverdienten Puppen und Spielsachen zurückgeben. Jeder von ihnen wird bekommen, was er noch nie besaß, ein wenig von einem unbezahlbaren Geschenk: Muße – Zeit, sich niederzusetzen und in sich hineinzuschauen und sich zu fragen, wer sie wirklich sind, was sie sich wünschen und was sie mit ihrem

Leben anfangen wollen. Und das, muß ich hinzufügen, ist eine Wohltat, die bei zweitausend Mark geteilt durch acht ganz und gar unerreichbar ist.

Dennoch frage ich mich, ob sie sensibel genug sind, jemals die andere, weniger glanzvolle Seite des Lebens zu entdecken, die man im allgemeinen nur wahrnimmt, wenn man über reichlich Muße verfügt. Kleinliche Tagessorgen mögen für die Dünnhäutigen quälend sein und ihnen das Beste im Leben vorenthalten, doch solange sie von morgens bis abends damit beschäftigt sind, den Schein zu wahren, sind sie auch gefeit gegen die Last der Ängste und Befürchtungen, die nur den heimsuchen, der Zeit hat darüber nachzudenken. Morgens, wenn ich in die Wurstkammer gehe und Würste austeile, denke ich nie an etwas anderes als Würste. Sie begrenzen meinen Horizont, beanspruchen meine ganze Tatkraft, und solange ich mit ihnen befaßt bin, ist die ganze übrige Welt ausgeschlossen. Nicht, daß ich sie besonders gern hätte – abgesehen von der Wirkung, die sie auf meine guten Landleute ausüben, lassen sie mich, offen gesagt, ziemlich kalt. Doch es gehört zu meinen Aufgaben, den Tag mit Würsten zu beginnen, und für die kurze Morgenstunde, die ich zwischen ihren glänzenden Reihen verbringe, während meine Mamsell geschickt die aalglatten Dinger mit einem Instrument, das einem Bootshaken gleicht, herunterholt, bin ich für jeden Gedanken zwischen Himmel und Erde praktisch gestorben. Was bedeuten sie mir dann schon, Liebe, Leben, Tod, alle Mysterien dieser Welt? Mein einziges Bestreben ist die gerechte Verteilung der Würste an das Gesinde. Und bevor das nicht geschafft ist, müssen alle hartnäckigen Fragen und Zweifel stillschweigen. Würde ich jeden Tag von morgens bis abends solche Arbeit verrichten, ich hätte nie Zeit zu grübeln, und grübelte ich nie, gäbe es auch keinerlei Empfindsamkeiten, und ohne die würde ich nie leiden oder vor Freude jauchzen und würde allmählich selbst so etwas wie eine Wurst werden. Und in dieser Verfassung wäre ich – davon bin ich überzeugt – dem Grimmigen genauso lieb wie sonst.

Ich wüßte schon, was ich täte, wenn ich vornehm und arm wäre. Die Vornehmheit würde ich an dem Platz verstauen, wo alle -heiten und -keiten hingehören, darunter die Nützlichkeit, die Achtbarkeit und die Blödheit, und ich würde, ganz einfach und offen arm, dasitzen mit einem Stück Brot, einem Geranientopf und einem Buch. Verzichte ich auf all diese Dinge, die man fälschlich für notwendige Attribute der Schicklichkeit hält, dann könnte ich mir vermutlich eine Geranie leisten, die ich so oft an den Fenstern von Hütten sehe, wo es sonst nichts zu sehen gibt. Jederzeit zöge ich so preiswerte Vergnügen wie denken, lesen und in den Feldern spazierengehen der fragwürdigen Befriedigung vor, zu tun und zu haben, was sich gehört (was immer nur geschieht, um die Leute zu blenden und allein schon deshalb vulgär ist). Ich glaube, ich hätte sogar genug übrig, um mir einen Rettich zum Brot zu kaufen, und bei schönem Wetter verzehrte ich ihn unter einem Baum und streute dem Rotkehlchen ein paar Krumen hin als Dank für seine Fröhlichkeit. Ob es wohl ein glücklicheres Geschöpf unter der Sonne gäbe? Sicherlich nicht.

Juli

1. Juli.

Neben den Rosen sind die duftenden Wicken meine Lieblingsblumen. Niemand, höchstens die, welche um jeden Preis originell sein wollen, wird die absolute Vorherrschaft der Rose leugnen. Ihr Thron ist unangetastet, die einzige Frage ist: Welche Blume liebt man nach den Rosen am meisten? Ich habe lange gebraucht, um das zu entscheiden, obwohl ich vermutlich im Grunde meines Herzens schon immer wußte, daß es die Wicken waren. Jeden Sommer, wenn sie sich zeigen, und jedesmal, wenn ich bei meinem Rundgang im Garten an ihnen vorbeikomme, flüstere ich unwillkürlich: »O ja, ihr seid die allerschönsten, ihr süßen, lieben Wesen.« Ist es nicht ein großer Triumph für sie, gleich nach den Rosen zu kommen? Wieviel Schönheiten gibt es, denen sie zuvorkommen – Lilien, Schwertlilien, Nelken, Veilchen, seidige, zarte Mohnblumen, großartige Rittersporne, leuchtende Kapuzinerkresse, hitzige Ringelblumen und die glatten, kühlen Stiefmütterchen. Gerade jetzt blüht ein Beet mit all diesen Herrlichkeiten, ein kleiner, ausgewählter Fleck mit fruchtbarem Boden, ungefähr fünf Meter lang und von unregelmäßiger Breite. Sein breitester Teil endet an dem Weg, der an der Südfront des Hauses vorbeiführt, und sein schmalster senkt sich hinunter zu einer feuchten, flachen Stelle neben einem winzigen Bach, eigentlich ein dünner Faden tröpfelnden Wassers, wo eine Gruppe japanischer Schwertlilien steht, die Blüten im Sonnenschein, die Füße im kühlen Naß. Neben ihnen, ein wenig höher am Hang, Madonnenlilien, von keuschem Aussehen, aber wollüstigem Duft, daneben ein Büschel Stockrosen in den zartesten Farbtönen von Rosa, Gelb, und Weiß, rechts und links davon weiße Margeriten und Nachtkerzen und Shirley, die erlesenste aller Mohnblumen, etwas weiter weg eine Staude metallblauen Rittersporns neben kräftigen weißen Lupinen, und überall dazwischen Reseda, Levkojen, Nelken und noch ein Dutzend kleinerer, aber nicht weniger ansehnlicher Pflanzen. Ich wünschte, ich wäre ein Dichter, um die Schönheit dieses Erdenflecks angemessen beschreiben zu können, wie er an diesem Nachmittag nach dem Regen in der Sonne funkelt. Doch von all den bezaubernden, delikaten, duftenden Staudengruppen ist keine für mich so auserlesen wie die Wickenhecke an der Nordwestecke des Beets. Wicken haben etwas so überaus Feines, Zierliches, etwas so Gewinnendes mit ihren kletternden, sich windenden, nachgiebigen Ranken, und dann der lange, gerade Stengel mit der wohlgeformten, geflügelten Blüte an der Spitze, von weicher, perlenhafter Beschaffenheit in allen nur erdenklichen Farbnuancen – alle rein und anmutig, keine häßlich oder auch nur weniger anziehend als die anderen. Drinnen im Haus – was könnte, außer einer Porzellanschale mit Rosen, lieblicher sein als ein Wickenstrauß in einem Delfter Krug? Öffnet man die Tür, so strömt einem sofort ihr Duft entgegen. Man beugt sich über sie, begräbt sein Gesicht darin und kann sich nicht von ihnen trennen. Wirklich, ich bedaure alle Menschen auf der Welt, denen diese intensive Freude unbekannt ist. Und dabei ist diese Freude jedem zugänglich, der Augen und Herz offenhält. Tatsächlich ist alles, was zu besitzen sich lohnt, für jedermann erreichbar. Man muß nur einmal übers Land gehen oder sich die geringe Mühe machen, vor die Tür zu treten und sich umzuschauen. Es sind Tausende von Dingen, die uns die Natur bei jedem Schritt aufdrängt, stets bereit, zu geben und uns zu segnen. Der Anblick der ersten blassen Blümchen in den Gehölzen; eine Anemone vor dem blauen Himmel, durch deren Blätter die Sonne scheint; der erste Schneefall im Herbst; die erste Schneeschmelze im Frühjahr; die stürmischen, fleißigen Winde, die den Winter wegblasen und das tote, welke Laub vor sich hertreiben; der warme Geruch der Kiefern – wie Brombeerduft –, wenn die

Sonne auf ihnen liegt; der erste Februarabend, der länger werdende Tage verkündet, mit einem blaßgelben Himmelsstreifen hinter den Bäumen, von denen Regentropfen herunterperlen; das plötzliche Glücksgefühl, wenn der Winter gerade vorbei ist und der Frühling kommt; der Duft der jungen Lärchen ein paar Wochen später; der Strauß Sumpfdotterblumen, den man immer wieder küssen muß, weil er so vollkommen ist, so göttlich süß und von allen Küssen der Welt keiner so auserlesen – wer die Freude, die Glückseligkeit in solchen Dingen verspürt, wird sie nicht eintauschen, und sollte er dafür die ganze Welt gewinnen mit all ihren Schornsteinen und Mauern und dem Staub und dem ganzen Trübsinn. Wir wissen ja, daß weltlicher Gewinn noch nie ein Ausgleich für den Verlust der Seele war.

Eines Tages, als ich mit der Frau des Gutsverwalters in deren Garten herumspazierte, den sie allein bearbeitet, bemerkte ich voll Staunen, daß sie keine Wicken hatte. Ich nannte sie Lathyrus odoratus, und sie, die kaum Latein konnte, verstand mich nicht. Da sagte ich »wohlriechende Wicken«, die deutsche Bezeichnung für das, was sich auf Englisch – sweet peas – so hübsch anhört, und sie hatte noch nie von ihnen vernommen. In meiner Vorstellung kann es gar keinen Garten ohne Wicken geben, die so bescheiden, so fleißig und so leicht heranzuziehen sind. Solange ich zurückdenken kann, sind meine Sommer erfüllt von ihnen gewesen. Ich erinnere mich genau an eine wogende Wickenhecke in meiner Kindheit, als ich noch im Kinderwagen saß und sie dreimal so hoch war wie ich selbst, wie ich sehnsüchtig zu den Blüten hinaufschaute, die ich nicht erreichen konnte, weit dort oben am Himmel. Als ich größer wurde, hatte ich einen eigenen kleinen Garten und kaufte mir für zwanzig Pfennige Wickensamen. Ich zog die Ranken über einen Kaninchenstall, dem Hauptgebäude in meinem Garten. Ich hatte auch noch anderes ausgesät, auf das ich meine höchsten Hoffnungen setzte und das mich all meine Ersparnisse kostete, doch die Wicken waren die einzigen, die herauskamen. Das gleiche geschah hier in meinem ersten Sommer, als ich noch längst nicht so viel vom Gärtnern verstand wie heute. In diesem ersten Jahr waren es wiederum die Wicken, die unverdrossen das Licht der Sonne suchten. Meiner Meinung nach sind sie genau das Richtige für Leute, die wenig Zeit und Erfahrung haben. Mit Wicken allein kann ein Garten schon wunderschön aussehen und in eine zierliche Märchenlaube verwandelt werden, man braucht dazu nur die welken Blüten abzupflücken, um die Blüte zu verlängern. Doch die Frau Gutsverwalter hatte nicht nur nie von ihnen gehört, sie war auch, als ich ihr einen

Strauß zeigte, kaum beeindruckt. Statt dessen führte sie mich in ihrem Garten zu einigen dieser außerordentlich ordinären roten Pfingstrosen, die unter den Johannisbeerbüschen wuchsen, und verkündete mit Nachdruck, dies seien ihre Lieblingsblumen. Mir lag der Einwand auf der Zunge, daß es heute, wo es Baum-Päonien gibt und solche in blassen Silberfarben, die wie gigantische Rosen aussehen, geradezu bösartig scheint, sich von den scheußlichen roten den Geschmack verderben zu lassen, und daß bei einer Person, die jedesmal, wenn sie aus dem Fenster schaut, nur diese erblickt, alsbald der Sinn für wirkliche Schönheit abstumpfen muß; daß diese Person gut daran täte, im Monat Mai jeden Tag meinen eigenen Garten aufzusuchen und sich dem heilsamen Anblick meiner großen, duftenden, weißen und bläulichen Blüten auszusetzen; und daß sie, davon sei ich überzeugt, nach Beendigung der Kur nach Hause gehen und ihre eigenen Pflanzen auf den Komposthaufen werfen würde. Doch es dürfte sicherlich nicht von Erfolg gekrönt sein, einer Frau Gutsverwalter, deren Hauptbeschäftigung in Buttermachen besteht, den Unterschied zwischen Schönem und Unschönem zu erklären. Außerdem hat mich die Erfahrung gelehrt, das, was mir auf der Zunge liegt, besser dort liegen zu lassen. Warum Frauen sich auch immer einmischen wollen!

Dennoch ist es ein Jammer, daß dieser Frau jeglicher Schönheitssinn abgeht, denn ihr Garten ist voller Möglichkeiten. Er liegt direkt nach Süden, nach Norden, Osten und Westen von Hofgebäuden abgeschirmt, und hat viele dieser alten Obstbäume und betagten Stachelbeerbüsche, eine gute Grundlage, daraus einen der besonders reizenden kleinen Gärten zu machen, in denen Blumen, Obst und Gemüse sich mischen. Außerdem hat sie einen nicht zu unterschätzenden, verschlammten Froschteich, eine nie versiegende Quelle übelriechenden Wassers, nach dem die durstigen Blumen so sehr verlangen. Und wohnt sie nicht überdies mitten auf einem Bauernhof, wo der Dünger nur so herumliegt, den man leicht mit Hilfe eines Eimers und einer Schaufel in Rosen verwandeln kann? Es macht mich traurig, zu sehen, wie die Leute solche Möglichkeiten nicht wahrnehmen.

Übrigens ist ihr Teich auch für die Kleinen sehr interessant. Der Gestank macht ihnen nichts aus, sie lieben den Schlamm, und sie hatten schon mehrere Tage friedlich dort gespielt, als der unselige Unfall passierte: das Junikind fiel ins Wasser und wurde, über und über grün und fleckig, als sei sie selbst ein Frosch, nach Hause gebracht und enthüllte uns sogleich, wie sie Séraphine überredet hatten, sie dort spielen zu lassen. Daraufhin gab es viel Gejammer und Klagen, denn ich war sicher, sie würden alle Typhus bekommen, steckte sie gnadenlos ins Bett und gab ihnen, als vorbeugende Maßnahme, Rizinusöl – das Öl der Qualen, wie Carlyle es nennt. Nach dem Doktor zu schicken hätte wenig Sinn gehabt, da es in der Nähe keinen gibt, eine Tatsache, die, wenn man Kinder hat, das Leben ungeheuer vereinfacht. Als wir noch in der Stadt lebten, war der Arzt fast ständig im Haus. Kaum ein Tag verging, ohne daß eines der drei einen roten Fleck, oder, wie es so treffend auf deutsch heißt, einen Pickel hatte. Wie könnten Eltern da der Versuchung widerstehen, nach dem Arzt zu schicken, der gleich um die Ecke wohnt. Eigentlich sind Ärzte wie schlechte Gewohnheiten – hat man sie erst einmal abgeschüttelt, entdeckt man, wieviel besser man ohne sie dran ist. Und was die Kinder angeht – da sie praktisch im Garten wohnen, ist pünktliches Zubettgehen und das oben erwähnte einfache Heilmittel alles, was notwendig ist, um sie bei bester Gesundheit zu erhalten. Zugegeben, ich bekam Angst, als ich hörte, wo sie gespielt hatten, denn wenn der Wind aus dieser Richtung weht, erinnert er mich, selbst wenn ich bei meinen Rosenbeeten sitze, daran, daß da unten ein Teich ist. So hielt ich sie drei Tage im Bett und wartete furchtsam auf Symptome. Unablässig ging mir eine gruselige Geschichte im Kopf herum: ein kleiner Junge hatte Selterswasser getrunken, davon Typhus bekommen und war gestorben. Wenn man also, fragte ich mich mit einer für Frauen schon ungewöhnlichen Logik, wenn man also an Selterswasser stirbt, was passiert dann bei Froschlaich? Aber es geschah gar nichts, sie waren übermütigster Laune, sangen so laut sie konnten und verlangten mehr Essen, als ich für Kinder angebracht hielt, die in ein paar Stunden schwer erkranken würden. Nach einer angemessenen Wartezeit wurden sie schließlich wieder aus dem Bett geholt, angezogen und losgelassen, und seither hat sich nichts, was auf Krankheit hindeutet, gezeigt. Zunächst habe ich ihnen streng verboten, am Teich zu spielen, doch nach und nach wurde ich großzügiger, und jetzt dürfen sie zu der verlassenen kleinen Begräbnisstätte an seinem Westufer gehen, wenn der Wind aus Westen kommt. Dort können sie die Frösche wenigstens hören, und manchmal, falls sie geduldig genug sind, auch einen entzückten Blick auf sie werfen.

Der Friedhof liegt mitten in einem Kieferngehölz, das auf dieser Seite den Garten der Frau Gutsverwalter begrenzt, und wird seit Menschengedenken nicht mehr benutzt. Die Leute hier legen gern ihre eigenen kleinen Friedhöfe mitten im Wald an, oft weit entfernt von der Kirche, zu der sie gehören, denn jedes Dorf hat zwar seinen Friedhof, aber drei oder vier Ortschaften müssen sich in eine Kirche teilen. Der Bedarf an Kirchen ist ja nicht so groß wie der an Gräbern, weil wir naturgemäß nicht immer alle zur Kirche gehen, jedoch alle sterben und begraben werden müssen. Einige dieser kleinen Grabfelder liegen nicht einmal nah bei einem Dorf, man stößt völlig unerwartet bei einer Fahrt durch die Wälder auf sie – eingezäunte, unscheinbare Waldstücke, die alten Tore aus den Angeln gefallen, die Wege übergrünt, weil sie lange nicht benutzt wurden. Die unbeschnittenen Bäume werfen schwarze, undurchdringliche Schatten über die ärmlichen, traurigen, bescheidenen Gräber. Manchmal schiebe ich das Unkraut beiseite und versuche, die Inschrift auf den fast gänzlich verstummten Grabsteinen zu lesen. Aber die vielen Jahre mit Wind, Frost und Schnee haben ihnen die Stimme genommen, nur einzelne Buchstaben sind noch sichtbar – ein letztes, stammelndes Aufbegehren gegen das Vergessenwerden.

Der Grimmige sagt, alle Frauen liebten Friedhöfe. Er liebt solche pauschalen Behauptungen, mitunter ist er merkwürdig weiblich in seiner Neigung, aus einem besonderen Ereignis ein allgemeingültiges Prinzip abzuleiten. Die verlassenen, kleinen Waldfriedhöfe interessieren mich, weil sie so einsam und anspruchslos, so vernachlässigt und vergessen sind, und weil so viele, lange Jahre vergingen, seit dort Tränen über frischen Gräbern vergossen wurden. Jetzt weint keiner mehr wegen des Gatten, des Vaters oder Bruders, der dort begraben liegt. Schon vor langer, langer Zeit wurde die letzte Träne für sie getrocknet, vermutlich versiegte sie schon, bevor auf dem Heimweg die Pforte erreicht war, und sie wurden nicht weiter vermißt. Liebe und Kummer scheinen Blüten der Zivilisation zu sein, am häufigsten dort anzutreffen, wo es Wohlstand und Müßiggang gibt. Die Grundbedürfnisse kommen immer zuerst und müssen zuerst befriedigt werden. Und wenn man, um sie zu erfüllen, von morgens bis in die Nacht rastlos arbeiten muß – wer findet da schon Zeit und Kraft, sich niederzusetzen und zu trauern? Ich gehe oft mit den Kindern zum Wäldchen am Teich der Frau Gutsverwalter, und daß sie dort spielen, scheint ebenso natürlich wie der Flug der weißen Schmetterlinge, die einander ungestört im dichten Schatten verfolgen. Der Ort hat sogar einen besänftigenden Einfluß auf sie, sie sind weniger ausgelassen, sitzen an heißen Nachmittagen still im Gras, so nah am Teich wie sie dürfen, und begnügen sich damit zu warten, daß endlich ein Frosch auftaucht. Dabei erzählen sie mir von den Engeln.

Das ist dort, an dieser Stelle, ihr Lieblingsthema. Genau wie ich bestimmte Zeiten und Plätze für meine Bücher habe, so bevorzugen sie gewisse Orte für bestimmte Gespräche. Als ich das erste Mal mit ihnen hinging, fragten sie mich nach den Grabhügeln, und durch eine Reihe geschickter Fragen gelang es ihnen, herauszubekommen, daß die Leute, die dort begraben liegen, jetzt Engel im Himmel sind. (Auf diesem Gebiet bin ich keineswegs besonders beschlagen und muß mich auf das beschränken, was mir selbst in meiner Kindheit darüber gesagt wurde.) Seither weigern sie sich, das Gräberfeld Friedhof zu nennen und haben es statt dessen Engelshof getauft. Und so kam es, daß wir jedesmal, wenn wir dort waren, uns über Engel und alles, was damit zusammenhängt, unterhielten, wobei ich nicht selten in Verlegenheit geriet.

»Aber was *sind* Engel, Mama?« fragte das Junikind an diesem Nachmittag erstaunlicherweise, obwohl es doch seit mehreren Tagen an den Gesprächen darüber teilgenommen und scheinbar aufmerksam zugehört hatte.

»*So* ein dummes kleines Baby!« rief April voll Verachtung, »weißt du denn nicht, daß sie die *little girls* vom lieben Gott sind?«

Hier muß ich zu meiner Verteidigung einfügen, daß ich den Kindern nie so etwas erzählt habe. Ich beantworte ihre Fragen, so gut und gewissenhaft ich kann, und dann, wenn ich sie nachher zusammen reden höre, bin ich verblüfft über die Vorstellung, die sie sich augenscheinlich machen. Was Himmel und Engel angeht, leben sie in einer eigenen Welt unabhängiger Phantasien, die sich gewaltig von denen anderer Leute unterscheiden, und sie glauben, soweit ich das feststellen kann, das Wesen, das sie *lieber Gott* nennen, sei überall im Garten, so etwas wie der Sonnenschein oder die Luft an einem schönen Tag oder anderes. Ich habe ihnen das nie gesagt, auch Séraphine nicht, da bin ich sicher, und noch weniger Séraphines Vorgängerin Miß Jones, die durch und durch materialistischen Ansichten huldigte. Doch wenn ich an einem lichten Morgen herunterkomme und vergesse, sofort alle Fenster in der Bibliothek zu öffnen, kommt das Aprilkind herbeigerannt und ruft mit besorgtem Gesicht: »Mama, willst du nicht die Fenster aufmachen und den lieben Gott hereinlassen?«

Wären sie nicht so rotwangig und immer hungrig, oder wäre ich nicht so prosaisch veranlagt – vielleicht überfiele mich die düstere Ahnung, ein solch eifriges Interesse an himmlischen Wesen deute auf ein kurzes Leben hin. In Romanen, das ist ja bekannt, sind es die Kinder mit einer Vorliebe für solche Themen, die unweigerlich dahinscheiden, nicht ohne ihren andächtig lauschenden Eltern allerlei gute Ratschläge zu hinterlassen. Glücklicherweise gibt es diese Kinder nur in Büchern, und die meinen haben gar nichts von diesen ziemlich unerfreulichen kleinen Predigern an sich. Mit einiger Genugtuung stelle ich fest, daß ein gesunder Widerspruchsgeist aufkommt, wenn sie untereinander über solche Dinge sprechen, und heute nachmittag erschreckte das Junikind, nachdem es Aprils Definition der Engel scheinbar zustimmend hingenommen hatte, die beiden anderen (die stets gläubiger und nachgiebiger sind) mit der Bemerkung, sie hoffte, sie käme nicht in den Himmel. Ich tat so, als sei ich in mein Buch vertieft und hätte nicht zugehört. April und Mai saßen im Gras und nähten (sie nennen es »nadeln«) an scheußlich aussehenden Wollgebilden zu Séraphines Geburtstag. Juni lehnte untätig an einem Kiefernstamm und schwang eine Puppe ohne Kopf an dem einen ihr noch verbliebenen Bein. Ihr Sonnenhäubchen hatte sie abgenommen, und ihre blonden Haarsträhnen fielen über ihr sonnverbranntes, schmutziges, kleines Gesicht.

»Nein«, wiederholte sie fest, starr auf die verblüfften Gesichter ihrer Schwestern blickend, »ich will's nicht. Da gibt es ja gar nichts, wo Kinder mit spielen können!«

»Nichts zum Spielen?« riefen die beiden anderen wie aus einem Mund – warfen ihre Handarbeit hin und rannten zu mir.

»Mama, hast du das gehört? Juni sagt, sie will nicht in den Himmel kommen!« schrie April entsetzt.

»Weil es da nichts zum Spielen gibt«, rief Mai außer Atem. Und dann, als sei das schon lange zwischen ihnen ausgemacht und besprochen, fügten sie einstimmig hinzu: »Dann kann sie doch einfach mit all den Sternlein da Ball spielen, wenn sie will!«

Das Bild von einem Junikind, das übers Firmament wandert und die Sterne dort lässig herumwirft, als wären es Tennisbälle, fand ich so großartig, daß mich, während ich weiterlas, ein andächtiger Schauer überlief.

»Aber wenn du alle deine Puppen kaputtmachst«, sagte April, wandte sich Juni zu und betrachtete streng die entstellten Überbleibsel in ihrer Hand, »dann glaube ich nicht, daß dich der liebe Gott überhaupt reinläßt. Wenn du mal groß bist und kleine Junis hast, richtige, lebendige Junis, dann machst du sie vielleicht auch kaputt, und der liebe Gott hat nicht gerne Mamas, die ihre Babys kaputtmachen.«

»Aber ich muß das doch machen mit meinen Puppen«, schrie Juni, empört über das, was sie augenscheinlich für eine himmlische Ungerechtigkeit hielt, »der liebe Gott hat sie so gemacht, also kann ich nichts dafür, oder, Mama?«

Bei solchen Anlässen blicke ich entschlossen weiter in mein Buch und tue völlig geistesabwesend.

Das ist in der Tat die einzige Möglichkeit, mich aus theologischen Disputen herauszuhalten, bei denen ich doch den kürzeren ziehen würde.

15. Juli.

Gestern war ein kalter, windiger Nachmittag, im Garten war es nicht so vergnüglich wie sonst, also beschloß ich, ins Dorf zu gehen und nach meinen Freunden, den Landarbeitern, zu sehen. Gelegentlich überkommt mich der Drang zur Wohltätigkeit, wie andere Leute auch, bloß, daß sie es nicht zugeben, und bei kühlem Wetter taucht er so regelmäßig auf wie ein Schnupfen. An warmen Tagen schmilzt meine Menschenliebe unweigerlich dahin und erholt sich erst mit dem Abstieg des Thermometers wieder. Weht der Wind von Osten, so erreicht sie schon einen beachtlichen Umfang, und im Januar, bei einem nordöstlichen Schneesturm, ist sie selbst für nachlässige Beobachter sichtbar. Von da an bis Ende Februar kann ich den Kopf hochtragen und unserem Pastor ins Gesicht sehen, aber im Sommer läßt sich mein Ausweichmanöver, wenn ich ihn kommen sehe, am besten mit dem Verb »sich davonschleichen« umschreiben.

Das Dorf besteht aus einer Straße, die an den Außengebäuden des Hofs entlangläuft. Die Hütten sind einstöckig und haben Räume für vier Familien, zwei wohnen nach vorne, mit Blick auf die Hofmauer, und zwei nach hinten, wo es nichts Aufregenderes zu sehen gibt als ihre eigenen Schweineställe. Jede Familie hat ein Zimmer und eine Art Vorratsraum und teilt die Küche mit der Familie auf der anderen Seite des Eingangs. Aber die Frauen kochen lieber auf dem Herd in ihrem eigenen Zimmer, als den Inhalt ihrer Töpfe den boshaften Bemerkungen der Nachbarin auszusetzen. Auf der Vorderseite, der besseren, ist für jede Familie ein kleiner, eingezäunter Garten, wo das Geflügel gemächlich herumstolziert und unter den Feuerbohnen meditiert (wahrhaftig wie ich in meinem Garten), und die Stockrosen über die trocknende Wäsche herausragen, und Brennholz, gestohlen in unseren Wäldern, für den Winter aufgestapelt ist. Auf der anderen Seite freilich tritt man aus der Tür direkt zwischen Misthaufen und Schweine.

Die Straße sah gestern nicht sehr einladend aus, der Himmel hing tief, und der Wind blies mir Staub, Strohhalme und Papierfetzen ins Gesicht und hinderte mich daran, zu sehen, was auch dort vorhanden ist: der tröstliche Anblick grüner Felder und Kiefernwälder jenseits der Straße. Aber ich war lange nicht mehr dagewesen – bisher hatten wir einen so schönen Sommer –, und etwas in meinem Innern hatte mir heute unaufhörlich zugeflüstert: »Elizabeth, müßtest du nicht mal wieder ins Dorf gehen? Warum gehst du denn nicht? Wann gehst du endlich? Meinst du nicht, du solltest? Elizabeth, nimm dich zusammen und geh.« Merkwürdig, daß ein grauer Himmel und ein kühler Wind solche Wirkungen haben. Denn ich behaupte kühn, wäre es warm und sonnig gewesen, hätte sich mein Gewissen überhaupt nicht bemerkbar gemacht. Es kam zu einem kurzen Kampf, bei dem ich, wie oben ersichtlich, alle Schläge abbekam. Dann gab ich nach, und um zwei Uhr nachmittags öffnete ich den Riegel an der ersten Tür und fragte die Frau, die dahinter wohnte, was sie denn heute für ihre Familie gekocht hätte. Beim ersten Rundgang mit der Frau Gutsverwalter hat sie mir empfohlen, diese Frage zu stellen. Und wirft man danach einen Blick in den Topf und bringt seine Anerkennung durch ein leises Schnüffeln zum Ausdruck – um so besser. Zuerst war mir das ein bißchen peinlich, aber sie sind so unverkennbar dankbar für das Interesse, das man ihnen entgegenbringt – dafür nehme ich das ganze Ritual gern auf mich. Diese Frau, deren Mann für das Sauberhalten und Füttern der Kühe da ist, hat bereits die beneidenswerte Daseinsstufe erreicht, wo alle Kinder konfirmiert sind und arbeiten gehen, so daß sie ihre Tage in dem aufgeräumten, leeren Zimmer mit einiger Würde und Ruhe verbringen kann. Die Kinder gehen bis vierzehn zur Schule, dann werden sie eingesegnet und von da an wie Erwachsene behandelt, die für Lohn arbeiten. Ihre drei drallen Töchter waren draußen auf den Feldern, wo gestern die Ernte begonnen hatte. Die Mutter hat ein scharf geschnittenes, gescheites Gesicht, und alles um sie herum ist reinlich und gemütlich. Ihr Fußboden war frisch mit Sand bestreut, die Tassen, Untertassen und Löffel blitzten hell und sauber hinter der Glasscheibe des Küchenschranks, und die beiden Betten – eins für sie und ihren Mann, das andere für die drei Töchter – bestanden aus wahren Kissenbergen, wie ich sie nie woanders gesehen hatte. Umfang und Prallheit der Federbetten sind, so hat mir die Frau Gutsverwalter gesagt, das wichtigste für eine Frau, will sie vor ihren Nachbarinnen bestehen. Diejenige, die sie fast bis zur Decke auftürmen kann, ist in der Gemeinde die Hauptperson, und flache Betten sind eine soziale Schande. Betrachte ich mir die schmalen Betten, so ist mir schleierhaft, wie so viele Menschen darin schlafen können. Sie sind enger als unsere Einzelbetten, aber Vater und Mutter und oft noch ein kleines Kind scheinen sehr gut darin Platz zu finden, in der anderen Zimmerecke drei oder vier Kinder in einem weiteren Bett. Das erklärt sich ohne Zweifel daher, daß sie nicht wissen, was Nerven sind und was es bedeutet, vom kleinsten Geräusch oder der leisesten Bewegung im Zimmer aufzuwachen und stundenlang, manchmal die ganze Nacht, wachzuliegen, nicht mehr einschlafen zu können und mit Augen, die sich nicht schließen wollen, in die Dunkelheit zu starren. Keine Nerven und eine dicke Haut – welch unschätzbarer Segen für diese armen Leute! Und sie wissen es nicht einmal zu schätzen.

Eine kleine Weile stand ich da und plauderte. Ich wurde nicht zum Sitzen aufgefordert, das hätte als Frechheit gegolten. Ich hörte, sie hätten Kartoffeln und Speck gegessen, und die älteste Tochter Bertha würde an Michaeli heiraten, und ihr Säugling zahnte ohne große Schwierigkeiten.

»Säugling«, wiederholte ich, »davon weiß ich ja gar nichts.«

Die Frau ging zu einem der Betten, hob einen Zipfel des großen Federbergs auf, und tatsächlich, da lag ein dickes, zufriedenes Kindchen und schlummerte süß und sah genauso engelhaft aus wie einer von seinen strikt legitimen Zeitgenossen.

»Und er wird sie an Michaeli heiraten?« fragte ich und schaute die Großmutter so streng an, wie ich nur konnte.

»O ja«, sagte sie, »er ist ein braver junger Mann, er verdient achtzehn Mark in der Woche. Die werden gut zurechtkommen.«

»Schade«, sagte ich, »daß das Kleine vor dem Michaeli gekommen ist und nicht nachher. Seht Ihr denn nicht selbst, was für ein Jammer das ist, und wie alles dadurch verdorben wird?«

Einen Augenblick lang starrte sie mich verwundert an, dann wandte sie sich ab und deckte das Englein sorgfältig wieder zu. »Die werden sehr gut zurechtkommen«, wiederholte sie, weil sie sah, daß ich auf eine Antwort wartete, »er verdient achtzehn Mark in der Woche.«

Was sollte man dazu sagen? Hätte ich ihr vorgehalten, ihre Tochter sei eine bedauernswerte Sünderin, sie hätte vielleicht ein vorübergehendes Unbehagen empfunden. Doch kaum wäre ich draußen gewesen, hätte sie selbst mit ihren scharfen Augen gesehen, daß nichts sich verändert hatte. Da lag das Kindchen, gesund und voller Grübchen, ihre Tochter bekam einen guten Mann, keinem aus der Sippe würde etwas fehlen, und alle jungen Paare im weiten Umkreis waren auf ähnliche Weise in die Ehe gegangen.

Diese Sitten bekümmern unseren empfindsamen Pastor zutiefst. Er predigt, er weist zurecht, er klagt an, er beschwört, und sie hören ihm mit runden, stumpfen Gesichtern und offenem Mund zu und gehen dann wieder an ihr Tagwerk unter ihren Freunden und Verwandten. Sie schämen sich keineswegs, denn jeder macht es wie sie, und die Meinung der anderen, die einzige Macht, die etwas ändern könnte, steht auf ihrer Seite. Mit unsäglicher Trauer blickt der Pastor auf die Vergeblichkeit seiner Mühen. Doch seine Gemeindeschäfchen sind ganz einfach zu roh, um sich mit zarter Hand leiten zu lassen.

»Arme Leute«, sagte ich eines Tages, als seine ganze Empörung wieder einmal aus ihm herausbrach, nachdem er eines unserer Dienstmädchen sozusagen in letzter Stunde getraut hatte. »Sie tun mir so leid. Ist es nicht traurig, daß sie an ihrem Hochzeitstag immer ausgeschimpft werden? Kinder sind sie, so dumm, so unbeherrscht, so animalisch – was wissen sie über gesellschaftliche Regeln? Sie folgen nur ihrer Natur, und ich möchte ihnen allen von ganzem Herzen verzeihen.«

»Es ist *Sünde*«, sagte er kurz angebunden.

»Dann ist sie auch der Vergebung gewiß.«

»Nicht, wenn sie nicht danach verlangen.«

Ich blieb stumm. Eigentlich wollte ich antworten, wahrscheinlich würde ihnen trotz allem verziehen werden, ob sie danach verlangten oder nicht, und man könne die göttliche Vorsehung nicht begrenzen. Diese Menschen verlangen ja nicht nach Verzeihung, weil es ihnen nie in den Sinn käme, daß sie sie brauchen. Schon wahr, der Pfarrer erklärt es ihnen, doch den betrachten sie als einen, der so was von Berufs wegen sagen muß, und sie sind gescheit genug zu sehen, daß die Folgen ihrer Sünde, die er ihnen mit so schrecklicher Beredsamkeit vor Augen hält, niemals eintreffen. Kein Mädchen siecht dahin und stirbt, von ihrem Verführer verlassen, weil der Verführer in der Regel ein anständiger junger Mann ist, der sie, so bald es geht, heiratet. Kein Finger der Verachtung weist auf die Gefallenen, denn alle Finger auf der Straße gehören Frauen, die genauso ihr Leben begonnen haben. Und was den dräuenden Tag des Jüngsten Gerichts betrifft, von dem sie am Sonntag so viel zu hören bekommen, so denken sie vermutlich, er gehöre zu den Ereignissen, die am Ende doch nicht eintreffen.

Der Dienstbote, der an diesem Morgen verehelicht und verdonnert worden war, war ein Stallknecht, zwanzig Jahre alt. Er hatte seine kleine Frau, die damals erst siebzehn war, in dem Haus kennengelernt, wo er diente, bevor er zu uns kam. Sie war dort Hausmädchen und muß sehr hübsch gewesen sein, wovon man allerdings, außer den schönen Augen, nur noch wenig erkennen konnte, als ich sie zum ersten Mal kurz nach der Hochzeit sah, bevor der echauffierte und bekümmerte Pastor hereinkam, um alles mit mir zu besprechen. Ich hatte nie von ihr gehört, bis etwa vor zehn Tagen der Stallknecht auftauchte, tränenüberströmt und mir stumm einen Brief von ihr überreichend, in dem sie schrieb, sie könne es nicht länger ertragen und wolle sich umbringen. Der verzweifelte junge Mann war am Ende seiner Weisheit, er hatte nämlich noch nicht genug gespart, um Möbel zu kaufen und einen Haushalt zu gründen, und sie besaß natürlich keinen Pfennig, nachdem sie mehrere Monate nicht in Stellung gewesen war. Er wußte keinen Ausweg, hatte keinen Vorschlag zu machen, entschuldigte sich auch nicht – er stand nur hilflos da und schluchzte.

Darauf begab ich mich zum Grimmigen, und wir steckten die Köpfe zusammen. »Wir wollen doch nicht noch einen verheirateten Knecht«, sagte er.

»Nein, natürlich nicht«, sagte ich.

»Und im Dorf ist auch kein Zimmer frei.«

»Nein, kein einziges.«

»Und wie können wir ihm einfach Möbel schenken? Das ist nicht fair gegenüber den anderen, die anständig bleiben und warten, bis sie sich selbst welche kaufen können.«

»Nein, das ist es nicht.«

Hier folgte eine Pause.

»Er ist ein guter Junge«, murmelte ich schließlich.

»Ein sehr guter Junge.«

»Und sie ist wirklich am Ende, wenn nicht jemand...«

»Ich sage dir, was wir tun können, Elizabeth«, unterbrach er mich, »wir können ihnen kaufen, was sie brauchen und es ihnen geben unter der Bedingung, daß er es nach und nach in kleinen, monatlichen Raten abzahlt.«

»Das können wir machen.«

»Und ich glaube, über den Ställen ist noch ein leerer Raum.«

»Ja, das stimmt.«

»Er kann in die Stadt fahren und die Möbel besorgen, die sie nötig haben, und das Mädchen gleich mitbringen und sie sofort heiraten. Je früher, je besser, das arme Ding.«

So waren sie innerhalb von vierzehn Tagen verheiratet und kamen Hand in Hand zu mir, er stolz, glücklich und aufrecht, sie noch kein bißchen erholt von dem Schrecken und dem Elend der letzten hoffnungslosen Monate. Sie sah mich mit Augen an, die fast zu groß für ihr Gesicht geworden waren, Augen, in denen immer noch der verängstigte Blick aus der Stadt lauerte, wo sie sich versteckt hatte, und wo es nicht an verächtlichen Gesten fehlte, an lauten Beschimpfungen und bitterer Scham. Hinzu kam noch die Bürde von Krankheit, Hunger und traurigem, mitleiderregendem Jungsein.

Hand in Hand standen sie vor mir, sie in einem guten schwarzen Kleid und beide mit sehr engen, weißen Lederhandschuhen, unter denen sich notdürftig die rauhen, roten Hände verbargen. Sie sahen so lächerlich jung aus, und das Ganze war einfach nur Leichtsinn gewesen – kurz, mir wollten die Vorwürfe nicht über die Lippen, ich sah sie nur stumm, zwischen Lachen und Weinen, an. Ich hätte ihnen klarmachen müssen, daß sie Sünder waren, daß sie rücksichtslos gehandelt hatten. Ich hätte ihnen vor Augen führen müssen, wie knapp sie der gerechten Strafe für ihren Frevel entkommen waren. Statt dessen konnte ich nicht anders – ich streckte die Hände aus, die sofort ergriffen und geküßt wurden, und sagte mit fröhlichem Lächeln: »Nun, Kinder, liebt euch und seid brav.« Damit waren sie entlassen, und gleich darauf kam der Pastor, hocherregt durch diesen neuen Fall von Todsünde, während ich, mit dem fehlenden moralischen Ernst, den man an so vielen Frauen beobachten kann, nur voll Mitleid an ihre kindliche Unerfahrenheit dachte. Drei Tage später wurde das Kindchen geboren, und die Mutter hätte es fast nicht überstanden. Aber sie war ein Mädchen vom Land, sie kämpfte und wurde, unter der Wärme ihres neuen, achtbaren Stands, allmählich wieder jung. Gestern traf ich sie, als sie ihr Kleines in der Sonne ausführte: sie hielt den Kopf so hoch, als wisse sie, daß zu Hause eine ganze Reihe Federbetten auf sie warteten, von denen jedes fast bis an die Decke reichte.

Im nächsten Zimmer, in das ich eintrat, lag eine

alte Frau im Bett, den Kopf mit Verbänden umwickelt. Im Raum gab es kaum Möbelstücke, sonst wäre er unordentlicher gewesen. Er sah düster und vernachlässigt aus, und ein paar schmutzige Teller, an lange vergangene Mahlzeiten gemahnend, waren auf dem Tisch gestapelt.

»O mein Kopf«, stöhnte die alte Frau, als sie mich erblickte, und warf ihren Kopf auf dem Kissen hin und her. Ich sah, daß sie nicht ausgekleidet war und sich so, wie sie war, unter dem Federbett verkrochen hatte. Ich ging zum Bett und fühlte ihr den Puls – er war regelmäßig, keinesfalls fiebrig.

»Ach, der Durchzug«, klagte die Alte, die sah, daß ich die Tür offengelassen hatte.

»Ein bißchen frische Luft wird Euch guttun«, sagte ich. Die Luft in dem geschlossenen Zimmer war so unerträglich drückend, daß es in meinem Kopf zu hämmern begann.

»Oh, ach«, jammerte sie, sichtlich entrüstet, weil man sie zwang, für ein paar Augenblicke die reine Sommerluft zu atmen.

»Ich habe etwas zu Hause, das wird Eure Kopfschmerzen heilen«, sagte ich, »aber heute ist niemand da, den ich damit schicken kann. Falls Ihr Euch später besser fühlt, kommt doch herüber und holt's Euch. Ich nehme es auch immer bei Kopfschmerzen.« (»Also, Elizabeth, du weißt doch, du hast so was nie«, flüsterte mein aufgebrachtes Gewissen. »Sei du bloß still«, flüsterte ich zurück, »von dir habe ich genug für heute.«) »Und ich werde Euch auch ein paar Trauben mitgeben, wenn Ihr kommt, seht doch, ob's möglich ist.«

»Oh, ich kann mich nicht bewegen«, stöhnte die alte Frau, »oh, oh, oh!« Aber ich ging lachend hinaus, weil ich genau wußte, sie würde pünktlich erscheinen, um sich die Trauben zu holen, und ein Gang in frischer Luft war alles, was sie brauchte, um wieder gesund zu werden.

Im ganzen Dorf fürchtet man sich vor frischer Luft, ja man haßt sie geradezu. Vor ein paar Tagen ist ein kleines Kind gestorben, von seiner Mutter umgebracht, wie ich ernsthaft glaube. Ihre Liebe war zu übertrieben, sie hütete es so ängstlich, daß während seines ganzen, kurzen Lebens kein Lufthauch auch nur in seine Nähe kam. Sie ist die Frau des Wächters, eine sanftmütige, schlaffe Person mit zwei Räumen zu ihrer Verfügung. Doch zieht sie es vor, mit vier Kindern in einem zu wohnen und zu schlafen und benutzt den anderen nie, außer bei den Taufen und Begräbnissen, die in ihrer Familie meiner Meinung nach unnötig oft vorkommen. Dieses Kind wurde letzten September geboren, in einer Zeit goldenen Wetters und ruhigen Himmels, und als es ungefähr drei Wochen alt war, schlug ich ihr vor, es jeden Tag auszufahren, solange das Wetter sich hielt. Sie widersprach, es sei noch nicht getauft, wobei mir einfiel, daß es bei einfachen Leuten üblich ist, Mutter und Kind bis nach der Taufe eingeschlossen und unsichtbar zu halten, so daß ich nichts weiter sagte. Drei Wochen später wurde es in den sicheren Schoß der Kirche aufgenommen und ich zu seiner Patin bestimmt. Bei der Gelegenheit bemerkte ich, nun könne sie es ja so oft ausfahren, wie sie wolle. Im nächsten März, an einem Tag, der nach Veilchen duftete, traf ich sie bei ihrem Haus. Ich fragte nach dem Kind, und sie fing an zu weinen. »Es will und will nicht werden«, schluchzte sie, »seine Ärmchen sind noch nicht dicker als mein Finger.«

»Stellt es raus in die Sonne, so oft Ihr könnt, das ist genau das richtige Wetter, um schwache Kinder stark zu machen.«

»Ach, ich hab so Angst, es erkältet sich, wenn ich's rausstelle«, rief sie, das Gesicht in einem Fetzen begraben, der wohl früher mal ein Taschentuch war.

»Wann war es zuletzt draußen?«

»Ach – –«, sie putzte sich heftig, wie mir schien, mit übertriebener Gründlichkeit die Nase. Ich wartete, bis sie fertig war, und wiederholte meine Frage.

»Oh – – –«, ein neuer Tränenausbruch und weiteres umständliches Naseputzen.

Mir kam der Verdacht, die Frage sei, gelinde gesagt, von größerer Bedeutung, als ich geahnt hatte, und ich wiederholte sie noch einmal.

»Ich k-kann es nicht nach d-draußen bringen«, schluchzte sie, »ich weiß, es w-würde sterben.«

»Dann ist es also noch nie draußen gewesen?«

Sie schüttelte den Kopf.

»Kein einziges Mal seit seiner Geburt? Seit sechs Monaten?«

Wieder schüttelte sie den Kopf.

»*Armes* Kind!« rief ich aus. Das kleine Ding tat mir wirklich von ganzem Herzen leid, es ging unter Federbergen zugrunde, in einem engen Zimmer, wo ihm vier andere Menschen das bißchen Luft, was da war, streitig machten. »Ich fürchte«, sagte ich, »wenn es nicht bald frische Luft kriegt, wird es nicht am Leben bleiben. Was würde wohl aus meinen Kindern werden, wenn ich sie sechs Monate lang Tag und Nacht in einem stickigen Zimmer hielte? Ihr seht ja, sie sind den ganzen Tag draußen, und es geht ihnen gut.«

»Die sind so stark«, antwortete sie mit einem trübseligen Schnaufer, »die können das aushalten.«

Ich war bestürzt, wie sie die Dinge sah, und wandte mich ab, nicht ohne sie noch einmal gebeten zu haben, ihr Kind an die Luft zu bringen. Ganz klar, sie fand meine Ratschläge schlicht unbarmherzig, und ich hörte sie noch lange hinter mir die Nase putzen. Im Juni sagte mir der Vater, sie brauchten einen

Arzt. Das Kind würde täglich dünner, trotz aller Nahrung, die es zu sich nahm. Es wurde ein Arzt aus der nächsten Stadt geholt, und ich ging hinüber, um zu hören, was er verordnete. Er sagte, es solle in regelmäßigen Abständen die Flasche bekommen, nicht ununterbrochen wie bisher, und es brauche frische Luft. Soweit er sehen könne, sei es nicht krank, nur ungewöhnlich schwach. Auch fragte er, ob es immer so stark schwitze wie jetzt, und nahm selbst die oberste Lage Decken ab. Anfang Juli starb es, und sein erster Ausflug ins Freie führte zum Friedhof im Kiefernwald vier Kilometer weit weg.

»Ich habe es doch so gut versorgt«, jammerte die Mutter, als ich sie nach dem Begräbnis besuchte, um sie zu trösten. »Es hätte nie so lange gelebt, wenn ich nicht immer so gut für es gesorgt hätte.«

»Und das, was der Arzt verordnet hat, war nicht gut?« fragte ich so zartfühlend wie möglich.

»Oh, ich hab's nicht nach draußen getan – das konnte ich doch nicht – dann wäre es sofort gestorben – so hab ich's wenigstens bis jetzt am Leben gehalten.« Und sie warf ihre Arme über den Tisch, verbarg ihr Gesicht darin und weinte bitterlich.

Eine riesige Mauer aus Unwissenheit und Vorurteilen trennt uns von unseren Leuten. Bei jedem Versuch zu helfen rennen wir dagegen an, und sie zeigt sich so wenig durchlässig, als wäre sie wirklich aus Stein. Wie der Pastor mit seinem Lieblingsthema Moral, rede ich mich heiser über Gesundheit, ohne damit jemals den geringsten Eindruck zu machen. Steht es sehr schlecht, wird der Doktor geholt, es werden Anweisungen gegeben und Arzneien verordnet, doch falls die nicht zufällig auf Zustimmung stoßen, führt man sie einfach nicht aus. Dem Befehl, einen Kranken zu waschen und die Fenster zu öffnen, kommen sie nie nach, denn das ganze Dorf würde in Aufruhr geraten im Fall, daß die Krankheit doch tödlich endete, und man würde die Angehörigen des Mordes beschuldigen. Vermutlich betrachten sie uns und unseresgleichen, die auf der anderen Seite der Mauer leben, als Menschen mit phantastischen Ideen, die sich allerdings nicht schlecht auf unsere eigenen Kinder auswirkten, weil die mit einer Unmenge Kraft gesegnet waren. Sie waren ja jahrelang so reichlich gefüttert worden, wie es eben nur bei reichen Leuten möglich war. Ihre Vorstellung vom Glück ist Essen, und naturgemäß nehmen sie an, daß jeder so viel ißt, wie er sich leisten kann. Manche von ihnen haben schon Hunger gelitten, und in ihrer Erfahrung verbindet sich Nahrung mit Kraft. Je mehr Essen, desto mehr Muskeln. Menschen, die jeden Tag Braten verzehren (wie unvorstellbar!), können sich auch waschen und an die Luft gehen, so oft sie wollen, was ihresgleichen auf der

Stelle umbringen würde. Aber es hat ohnehin keinen Sinn, herausfinden zu wollen, was sie wirklich denken. Ich weiß ungefähr, was mir an ihnen gefällt, und ich bin mir dabei ziemlich sicher, daß meine Vorstellungen falsch sind. Ich weiß nicht, wie ihre Einstellung zum Leben ist, ich kann nur freundlich mit ihnen reden, wenn sie Kummer haben, und ihnen so oft wie möglich etwas Gutes zum Essen zustecken. Entsetzt von dem Gedanken, in welcher Umgebung diese Frauen ihre Kinder zur Welt bringen, bat ich den Grimmigen immer wieder, dafür zu sorgen, daß sie wenigstens dann etwas Ruhe haben. Eine kleine Hütte am Ende der Dorfstraße wurde für ihre Niederkunften bereitgestellt, ich selbst habe sie möbliert, und sie ist sauber, hell und hübsch. Auch eine Hebamme wurde geholt, und ich dachte voll Freude, wie unaussprechlich wohl und behaglich sie sich dort fühlen würden. Kein einziges Kind ist in dieser Hütte geboren worden, weil keine einzige Frau es zugelassen hat, daß man sie dorthin bringt. Am Ende des Jahres wurde sie wieder an eine Familie vermietet und die Hebamme entlassen.

»*Warum* tun sie das nicht?« fragte ich völlig verwirrt die Frau Gutsverwalter. Sie zuckte die Achseln. »Sie wollen ihren Mann und ihre Kinder um sich haben«, sagte sie. »Und sie haben Angst, anderswo würde man ihnen etwas antun, vielleicht, daß sie zu oft gewaschen werden. Die gnädige Frau wird es nie fertigbringen, sie aus ihren Häusern zu locken.« »Die gnädige Frau gibt auf«, murmelte ich.

Beim Öffnen der nächsten Tür sah ich verwundert, daß der Raum voller Menschen war. In der Mitte stand eine Frau an einem Waschtrog, der den meisten Platz einnahm. Hin und wieder zog sie eine tropfnasse Hand aus der Lauge und schaukelte kurz eine Wiege hin und her, um das schreiende Kind darin zu beruhigen. Auf der Holzbank neben einem der drei Betten saß ein uralter Mann und starrte ins Leere. In einer Ecke hockten zwei bleichgesichtige Jungen, die mit einem Meerschweinchen spielten und heftig husteten. Das entzückendste kleine Mädchen, das ich seit langem gesehen hatte, lag in dem Bett nah der Tür, Augen und Mund fest geschlossen, als versuche sie, etwas sehr Schlimmes zu ertragen. Ich hatte kaum die Tür geöffnet, da sah ich aus nächster Nähe dieses starre Gesicht, umrahmt von wirren, kastanienbraunen Haaren. »Na Frauchen«, sagte ich zu der Frau am Trog, »wieso seid Ihr heute alle zu Hause? Seid Ihr denn alle krank?«

Es war kaum noch Platz für eine weitere Person, und der Raum war von Dampf erfüllt.

»Sie haben alle den Husten von mir«, antwortete sie ohne aufzublicken, »und der Lotte da geht's sehr schlecht.«

Ich nahm Lottes rauhe, kleine Hand, die so ganz anders war als ihr zartes Gesicht, und stellte fest, daß sie Fieber hatte.

»Wir müssen den Arzt holen«, sagte ich.

»Ach, der Arzt«, sagte die Mutter mit einem Achselzucken, »der hilft uns auch nicht.«

»Ihr müßt tun, was er sagt, sonst kann er Euch nicht helfen.«

»Die letzte Medizin, die er mir gegeben hat, davon bin ich fast gestorben«, sagte sie und wusch kräftig weiter. »Von dem nehm ich nichts mehr und meine Kinder auch nicht.«

»Was war das für Medizin?«

Sie wischte die Hand an der Schürze ab, langte hinüber zum Schrank und nahm eine kleine Flasche heraus. »Danach hab ich zwei Tage im Bett gelegen«, sagte sie und gab sie mir, »wie tot, ich wußte gar nicht mehr, was um mich rum war.« Die Flasche hatte Opium enthalten, und auf dem Etikett stand genau, wieviel Tropfen man in welchen Zeitabständen nehmen sollte.

»Habt Ihr's genau so gemacht, wie es hier steht?« fragte ich.

»Ich hab alles auf einmal genommen. Es war ja nicht viel drin, und mir war's so schlecht.«

»Kein Wunder, daß es Euch fast umgebracht hat. Ich wundere mich, daß es nicht so gekommen ist.

Was nützt es, wenn wir uns all die Mühe machen, weit weg nach dem Doktor schicken, und Ihr tut doch nicht, was er anordnet.«

»Von der Medizin nehme ich nichts mehr. Wenn die gut ist und mich hätte kurieren können, dann wär' ich um so schneller gesund geworden, je mehr ich davon genommen hätte.«

Und sie rubbelte und stampfte mit verblüffender Energie, während Lotte dalag mit ihrem kleinen, aschgrauen Gesicht und immer elender und kränker aussah. Der Waschtrog stand zwar in der Mitte des Zimmers, aber ganz nah an Lottes Bett, denn alles im Raum war ganz nah an der Mitte, und jedes besonders feste Stampfen der Mutter mußte im Kopf des Kindes wie ein Hammerschlag dröhnen. Sie war eben erst dreizehn und hatte noch keine Zeit gehabt, sich eine Lederhaut zuzulegen.

»Hat das Kind heute etwas gegessen?«

»Sie will nichts.«

»Hat sie keinen Durst?«

»Sie will keinen Kaffee und keine Milch.«

»Ich schicke ihr etwas, was sie vielleicht mag, und ich werde auch den Arzt rufen.«

»Ich geb' ihr nichts von seinem Zeug.«

»Ich möchte Euch sehr bitten zu tun, was er Euch sagt.«

»Von dem Zeug kriegt sie nichts.«

»War es denn unbedingt nötig, heute zu waschen?«

»Es ist Waschtag.«

»Meine gute Frau«, sagte ich zu mir selbst, während ich sie völlig ausdruckslos anstarrte, »mit dem größten Vergnügen würde ich Euch in Euren Waschtrog stecken und so gründlich auf Euch herumstampfen, wie Ihr auf diesen unseligen Kleidungsstücken.« Laut sagte ich im freundlichsten Flötenton: »Auf Wiedersehn.«

Waschtage bedeuten stets schlechte Laune, und ich hätte beim ersten Anblick des Trogs die Flucht ergreifen sollen. Aber da lag Lotte in ihrem gelben Flanellhemd und litt, wie nur Kinder leiden können, wehrlos, zur Geduld gezwungen, dazu verurteilt, still zu ertragen, was ihre Mutter mit ihrem hingebungsvollen Schlagen und Stampfen anrichtete. Ihre Augenbrauen waren rötlich wie ihr Haar und sehr gerade, und ihre Wimpern lagen lang und dunkel auf der blassen Haut. Wen wunderte es, daß ihr Mund wie mit einer Klammer verschlossen war und sie die Augen nicht öffnen wollte. Wenigstens hatte ich Lotte entdeckt und konnte ihr ein bißchen helfen, dachte ich, als ich mich über den von Feuerbohnen gesäumten Weg entfernte. Aber Hilfe in Form von Gelee und kalten Getränken ist nicht von Dauer, und ich habe wenig Verständnis für eine Wohltätigkeit, die sich in solchen Geschenken erschöpft. Es gab Frauen in meinem Bekanntenkreis, die mit besonderen Lobreden des Pastors zu Grabe getragen wurden und deren Anspruch auf damenhafte Leutseligkeit lediglich auf einem Sockel aus Gelee ruhte. Es gibt doch nichts Leichteres auf der Welt, als anzuordnen, daß den Kranken Gelee gebracht wird, außer, man läßt auch das bleiben. Doch was sonst konnte ich für Lotte tun? Ich konnte sie nicht in die Arme nehmen und mit ihr weglaufen und sie gesundpflegen, weil sie wahrscheinlich genausoviel dagegen hätte wie ihre Mutter. Und später, wenn sie gesund wird, geht sie wieder zur Schule und wird ebenso hart und stramm und dickhäutig wie die anderen und gibt dem Pastor in drei oder vier Jahren erneut Anlaß, sich über eine Todsünde zu grämen.

»Könnte man nur an die Kinder herankommen«, seufzte ich, als ich die Stufen zum Schulhaus hinaufstieg, »sie einfangen, solange sie noch jung sind und sie in einen Garten bringen, wo es keine älteren Leute ihres Stands gibt, deren Vorbild ihnen immer nur das Häßliche, Grobe und Wertlose zeigt.«

Der Nachmittagsunterricht war noch im Gang, und der Hilfslehrer ließ die Kinder abwechselnd laut vorlesen. Im Winter, wenn sie dankbar dafür wären, in einer geräumigen, warmen Klasse den Nachmittag zu verbringen, ist nur morgens Schule. Und im Sommer, wenn selbst die Wissensdurstigen unter ihnen nicht ganz so erpicht aufs Lernen sind, findet morgens und nachmittags Unterricht statt. Dieses ganz und gar undurchschaubare Arrangement muß von der Vorsehung bestimmt worden sein. Herr Schenk, der Oberlehrer, hielt Schule bei meinen Kindern, und sein Helfer, ein bebrillter Jüngling, der recht streitsüchtig aussah, saß hinter dem Pult des Meisters und nahm jede Gelegenheit wahr, das Vorlesen mit sarkastischen Kommentaren zu versehen, wobei man sich kaum eine komplettere Vergeudung von Geist und Puste vorstellen kann. Er ist jedoch noch nicht verheiratet, und der Ehestand wirkt bekanntlich läuternd auf das jugendliche Gemüt. Die Kinder standen alle auf, als ich hereinkam, und der Lehrer hörte sofort auf, sein bißchen Verstand an ihrer gefühllosen Stumpfheit zu wetzen. Mit vielen Verbeugungen holte er mir einen Stuhl und bat mich, darauf Platz zu nehmen. Ich setzte mich und forderte ihn auf, doch mit dem Unterricht fortzufahren, ich sei nur für einen Moment vorbeigekommen. Daraufhin wurde das Lesen wiederaufgenommen, diesmal nicht mehr von höhnischen Bemerkungen begleitet. Was für Gesichter! Was für dumpfe, apathische, grobe, stumpfe Mienen! Auf der einen Seite saßen die zehn- bis vierzehnjährigen, kein einziges hoffnungsverheißendes Gesicht darunter, auf der anderen die zwischen sechs und zehn, unter ihnen ein kleiner Junge, der aussah, als hätte er mit den anderen nichts zu tun: er wirkte intelligent, aufgeweckt, irgendwie würdevoll. Arme Kinder – was konnte der Pastor schon von diesen Geschöpfen erwarten, deren Züge so unverhohlen ihre Wesensart verrieten? Die, die nicht stumpf dreinblickten, hatten etwas von Bauernschläue und alle Mädchen auf der älteren Seite bereits Frauengesichter. Mit einem Mal war ich fürchterlich niedergeschlagen. »Siehst du, was du angerichtet hast«, flüsterte ich wütend meinem Gewissen zu. »Du hast mich unglücklich gemacht, ohne daß jemand anderes was davon hat.« »Die alte Frau mit den Kopfschmerzen freut sich aber auf die Trauben«, wisperte es, bemüht, sich zu rechtfertigen, »und Lotte wird ihr Gelee bekommen.« »Trauben! Gelee! Das ist doch alles umsonst, ich kann's nicht mehr ertragen, ich geh' jetzt nach Hause.« Der Lehrer wollte wissen, ob die Kinder mir zu Ehren etwas singen sollten. Vermutlich schämte er sich für ihre Lesekünste, und tatsächlich hatte ich noch nie etwas so Stümperhaftes gehört. »O ja«, sagte ich gottergeben, dabei aber freundlich lächelnd, so gefaßt, wie Frauen es leider meistens sind. Sie sangen oder vielmehr kreischten ein Kirchenlied, so entsetzlich laut und durchdringend, daß die Fensterscheiben klirrten. »Mein Liebes«, erklärte mir der Grimmige eines Sonntags auf dem Heimweg vom

Gottesdienst, als ich mich über die grausame Unbeholfenheit und Lautstärke ihres Gesangs beschwerte, »so hält man die ungläubigen Spötter fern.«

Unsere zahlreichen Patenkinder waren noch nicht in der Schule, denn da wir erst seit drei Jahren hier wohnen, sind sie noch nicht alt genug, um der Segnungen der Bildung teilhaftig zu werden. Ich bin Patin über die Mädchen, der Grimmige über die Jungen. Alle Neugeborenen tragen unsere Namen, demnach wimmelt das Dorf von winzigen Elizabeths und kleinen Grimmigen. Eine Bucklige, für schwere Arbeit ungeeignet, hütet tagsüber die Kleinen in einem eigens dafür hergerichteten Raum, so daß die Mütter ungestört ihren Pflichten auf dem Hof nachkommen können. Sie müssen die Säuglinge nur morgens hinbringen und abends abholen und können sicher sein, daß sie gut versorgt werden. Aber aus dunklen, nicht auszulotenden Gründen ziehen es dennoch viele vor, sie zu Hause einzuschließen, allen Gefahren ausgeliefert, die einem Kind drohen, das gerade laufen gelernt hat. Und letzten Winter ist eins der kleinen Geschöpfe, Opfer der Borniertheit seiner Mutter, zu Hause verbrannt. Diese Mutter, ein Paradebeispiel des im Dorf vorherrschenden Intelligenzniveaus, heizte im Zimmer gut ein, bevor sie ausging, damit bei ihrer Rückkehr noch genug Glut zum Essenkochen übrig war. Sie schloß die Tür ab und ging zur Arbeit, zurück blieb ein Säugling im Kinderwagen und eine dreijährige Elizabeth. Als sie wiederkam, krähte das Kleine immer noch vergnügt in seinem Wagen, und Elizabeth lag mit verbrannten Kleidern tot vor dem Herd. Natürlich war die Mutter außer sich vor Schmerz, rasend, verzweifelt, und natürlich waren alle anderen Frauen entsetzt und vor Schrecken gelähmt. Doch so eindringlich wir ihnen auch zuredeten, wir konnten es ihnen nicht begreiflich machen, daß das Unglück nichts mit dem »Finger Gottes« zu tun hatte und zu vermeiden gewesen wäre: die Mütter, die ihre Kleinen lieber einschließen als sie hüten zu lassen, blieben ungerührt weiter bei ihrer Gewohnheit, es kam ihnen gar nicht in den Sinn, etwas aus dem, was geschehen war, zu lernen.

»Herr Lehrer, warum sitzen die beiden Jungen dort drüben ganz allein auf der Bank und singen nicht mit?« fragte ich, nachdem das Lied zu Ende war.

»Ach, gnädige Frau, das ist die Ungezieferbank. Wir müssen sie – – –«

»O ja, ja, ich verstehe – auf Wiedersehn dann. Auf Wiedersehn Kinder, ihr habt sehr nett gesungen.«

»Jetzt«, sagte ich mir, als ich endlich draußen auf der Straße stand, »jetzt nur schnell nach Hause.«

»O nein, noch nicht«, protestierte sofort mein aufsässiges Gewissen, »die alte Frau in der nächsten

Hütte, die du besonders gern magst – du wirst sie doch nicht übergehen?«

»Ich sehe schon«, antwortete ich, »bevor ich dich nicht los bin, werde ich nie Ruhe bekommen«, und ging zum nächsten Haus.

Im Eingang standen drei Frauen – die Türen hier sind schmal und die Frauen ziemlich umfangreich – und schauten alle über die Maßen fröhlich drein. Sie ließen mich durchgehen, und drinnen waren noch mehr Frauen, alle genauso aufgekratzt und eifrig durcheinanderredend.

»Was ist denn hier los?« fragte ich die, die am nächsten stand, »wird etwas gefeiert?«

Sie wandte sich breit lächelnd und offensichtlich angetan mir zu. »Die alte Frau ist im Schlaf gestorben«, sagte sie. »Heute morgen haben wir sie gefunden. Ich war gestern noch hier bei ihr und sie sagte –.« Ich machte auf dem Absatz kehrt und ging wieder hinaus. All diese frohlockenden Frauen, die sich um den armseligen Leib drängten, der plötzlich im Tod eine wunderbare Würde und Vornehmheit erhalten hatte, ließen es mir leid tun, daß ich selbst eine Frau war. Kein einziger Mann war in Sicht – eindeutig schienen sie die einsichtigeren Wesen zu sein. Am Eingang traf ich die Frau Gutsverwalter, die gekommen war, um die Dinge in die Hand zu nehmen, und sie ging noch ein Stück mit mir.

»Die alte Frau hatte mehr, als wir dachten«, bemerkte sie, »sie besitzt ein sehr schönes, schwarzes Seidenkleid, in dem sie begraben wird.«

»Ein schwarzes Seidenkleid?« wiederholte ich.

»Und alles andere ist auch sehr solide – gute Lederschuhe, anständige Strümpfe, bestickte Wäsche, echte Fischbeinkorsetts und ein fast neues Paar weiße Lederhandschuhe. Sie muß lange gespart haben, um alles so ordentlich zu hinterlassen.«

»Aber«, sagte ich, »das begreife ich nicht. Ich habe noch nie etwas mit dem Tod zu tun gehabt und nie darüber nachgedacht. Werden die Leute denn nicht einfach in einem Leichentuch begraben?«

»Ein Leichentuch?« Jetzt war sie es, die mich nicht verstand.

»Ja, so ein großes, weißes Tuch.«

Sie lächelte recht überheblich. »O mein Gott, nein«, sagte sie, »so arm sind wir nun doch nicht.«

Ich betrachtete sie, wie sie so neben mir herging. Ihr Lächeln drückte Mitleid aus: Ich hatte keine Ahnung von dem, was man sich selbst und der Öffentlichkeit auch nach dem Tod schuldig ist.

»Selbst die Ärmsten«, erklärte sie, »kratzen noch etwas für gute Kleidung zusammen, um darin begraben zu werden. Vor ein paar Monaten kam ein völlig verarmtes Paar hierher, und bevor der Mann noch Zeit hatte, etwas zu verdienen, starb er. Die

Frau kam zu mir (die gnädige Frau war nicht da) und flehte mich auf Knien an, ihr einen Anzug für ihn zu schenken. Sie konnte sich gerade nur ein Sterbehemd leisten und war verzweifelt bei dem Gedanken, was die Nachbarn wohl sagten, wenn er nur das Hemd anhätte. Sie sagte, die Schande würde sie ihr ganzes Leben lang verfolgen. Also kauften wir für ihn einen ordentlichen schwarzen Anzug und eine Krawatte und Handschuhe, er sah wirklich sehr gut darin aus. Heute abend wird sie angekleidet«, fuhr sie fort, als ich nicht darauf antwortete, »die Ankleiderinnen kommen mit dem Sarg, und es wird ein schönes Begräbnis werden. Ich habe mir oft überlegt, was sie wohl mit ihrer Altersrente anfängt und konnte sie nie dazu überreden, sich mal ein Stück Fleisch zu kaufen. Aber natürlich hat sie alles dafür gespart. Wirklich, sie hat wunderbare Korsetts.«

»Was für eine Verschwendung!« stieß ich hervor.

»Verschwendung?«

»Ganz recht – übelste Verschwendung und Dummheit. Dummheit, sich nicht ein paar kleine Freuden gekauft zu haben, Geldverschwendung und Kleidervergeudung. Sehen Sie denn irgendeine Bedeutung, einen Sinn oder Nutzen darin, in einem guten, schwarzen Seidenkleid begraben zu werden?«

»Es wäre ein Skandal, nicht anständig gekleidet ins Grab gelegt zu werden«, gab sie, sichtlich erstaunt über meine Aufregung, zurück. »Und die Nachbarn zollen ihr jetzt noch mehr Respekt, wo sie wissen, daß sie so schöne Kleider für ihre Beerdigung angeschafft hat. Nichts fehlt. Ich habe sogar eine Schachtel mit einer Goldbrosche und einem Armband drin gefunden.«

»Demnach wird also so viel von ihren Habseligkeiten, wie in den Sarg hineingeht, mit ihr begraben werden, damit sie noch mehr Eindruck auf ihre Nachbarn macht?« fragte ich. »Zum Beispiel ihr Federbett und was sonst alles nützlich und wertvoll ist?«

»Nein, nur das, was sie anhat und die Bürsten und Kämme und Tücher, mit denen sie hergerichtet worden ist.«

»Wie garstig und sinnlos«, sagte ich schaudernd vor Widerwillen.

»Es ist so üblich«, antwortete sie ruhig.

Plötzlich überfiel mich ein grauslicher Gedanke. »Ich werde jedenfalls nur mit einem Leichentuch begraben werden«, stieß ich mit Nachdruck hervor.

»Ach nein«, sagte sie und sah mich dabei mit einer Miene an, die mich ihrer tiefsten Ergebenheit versichern sollte. »Die gnädige Frau kann ganz sicher sein, wenn ich noch hier bin, wird sie mit ihrem schönsten Ballkleid und in der feinsten Wäsche begraben, und die ganze Nachbarschaft wird sehen, daß die Herrschaften wohl wissen, was sie ihr schuldig sind.«

»Ich werde Anweisungen geben«, wiederholte ich noch erboster, »daß ich nichts als ein Leichentuch will.«

»Nein, nein, nein«, widersprach sie, dabei lächelnd, als wolle sie ein verwöhntes, launisches Kind beruhigen, »so etwas würde nie gestattet werden. Was wäre das denn für ein Gefühl, wenn wir uns daran erinnern müßten, daß die gnädige Frau nicht alles bekommen hat, was sich für sie gehört. Und was würden die Nachbarn dazu sagen?«

»Ich will aber nichts als ein Leichentuch!« schrie ich in höchster Wut – dann brach ich ab und fing an zu lachen. »Was für eine absurde, schauerliche Unterhaltung«, sagte ich und reichte ihr die Hand, »auf Wiedersehn, Frau Gutsverwalter, Sie werden sicher in der Hütte gebraucht.«

Sie knickste und ging davon. Ich lief so schnell ich konnte aus dem Dorf hinaus, durch den Kiefernwald und über die Wiese, öffnete das Tor zu meinem Garten, lief den verstecktesten Weg entlang, warf mich in einem stillen Eckchen ins Gras und stöhnte laut: »Aach!«

Das ist ein wohlbekannter Ausdruck des Abscheus, in Buchstaben leider nur schwer wiederzugeben.

August

5. August.

Der August ist da, er kleidet die Hügel in goldene Lupinen und bedeckt die Grasböschungen mit Glockenblumen. An wolkenlosen Tagen sind die Lupinenfelder so herrlich, daß ich in letzter Zeit die Wälder gemieden habe und nur im Land herumgefahren bin, um mich an ihrem Duft zu ergötzen und meine Augen an ihrer Schönheit zu weiden. Ein leuchtendoranger Abhang, der gegen den Himmel ragt, ist ein Anblick, der mich vor Glück fast Schmerz empfinden läßt. Die aufrechten, kraftvollen Blütendolden haben etwas von Hyazinthen, doch sie glühen in einem so himmlisch starken Licht, wie es gelbe Hyazinthen nie und nimmer fertigbrächten. Sie sind auch nicht wächsern, sondern samtig, ihr Blattwerk hängt nicht schlaff herunter, es bildet vielmehr zarte, doch kräftige Zweige von erlesenstem Graugrün, und die Blüte daran webt einen Schleier über das ganze Feld. Was den Duft betrifft, so ist er im wahrsten Sinne des Wortes paradiesisch. Die ganze Pflanze ist ein köstlicher Anblick – Form, Wuchs, Blüte und Blatt. Die Pferde müssen sich schon sehr in Geduld fassen, wenn wir zu den Feldern fahren, weil ich nie genug davon bekommen kann, ganz still und glückselig mitten darin zu sitzen. Nicht weit davon zieht sich eine niedrige Hügelkette nach Norden und Süden hin, ganz baumlos, und an ihrer Ostseite verläuft ihr zu Füßen so etwas wie eine Schotterstraße, die man jedoch behutsam befahren kann. Jenseits der Straße erstreckt sich die Ebene weit nach Osten und Süden. Hügel und Ebene sind jetzt eine einzige Goldfläche. Ich bin dort zu allen Tageszeiten hingefahren – ich kann einfach nicht anders –, habe sie am frühen Morgen, am Mittag und am Nachmittag gesehen, auch nachts im Mondlicht, wenn die leuchtende Farbe weggewaschen und nur der Duft geblieben ist. Doch der erhebendste Augenblick kommt, wenn die Sonne eben hinter den Hügeln untergeht – das ist so berauschend, man fühlt sich, als sei man geradewegs am Himmelstor angelangt.

Vor einigen Tagen überkam mich dieses Gefühl so heftig, daß ich, ohne zu überlegen, den Hügel hinaufkletterte, halb in der Erwartung, von dort oben aus den Glanz des Neuen Jerusalem zu meinen Füßen zu sehen. Wie enttäuscht war ich, als dann nichts als prosaische Kartoffeläcker vor mir lagen, dazu ein Feldweg, auf dem Kälber, unterwegs zum Stall, den Staub mit den Hufen aufwirbelten, in der Ferne das Schloß unseres Nachbarn und Jerusalem so weit weg wie eh und je.

Es ist für mich eine Erleichterung, über diese Dinge zu schreiben, die ich so sehr liebe. Ich rede nämlich nicht darüber. Man könnte mich sonst für eine Person halten, die sich gern in Hymnen ergeht, und es gibt nichts Unerträglicheres, als sich die begeisterten Lobpreisungen anderer Leute anhören zu müssen, wenn man selbst für ihren Gegenstand nichts übrig hat. Das weiß ich nur zu gut, und deshalb gelingt es mir meistens zu schweigen. Doch selbst nachdem ich mich jahrelang darin geübt habe, meine Zunge zu hüten, kommt manchmal ein verlorenes Bruchstück meiner Empfindungen ans Tageslicht, worauf ich sofort durch den mir wohlbekannten eisigen Blick äußersten Unverständnisses gezügelt und zurechtgewiesen werde oder auch durch Gesten unduldsamer Überheblichkeit, bestimmt für alle, die so unbegreifliche Gefühle zum Ausdruck bringen. Wie kann man sich nur so gewaltig überlegen fühlen, nur weil man nicht in der Lage ist, sich in die Gedanken seines Nächsten hineinzuversetzen oder sie nachzuvollziehen. Dieses Unverständnis ist freilich weniger ein Zeichen der Dummheit der anderen als eigenes Versagen. Nähme ich die meisten meiner Freundinnen oder doch nur eine zu jenen gelbleuchtenden Feldern mit, ihnen würde, da bin ich sicher, nichts anderes auffallen als die holprige Straße. Und wäre ich so schlecht beraten, einen Zipfel meines Herzens zu lüften und sie sehen zu lassen, wie es von Staunen und Entzücken ganz und gar erfüllt ist, dann würden sie mich zuerst verwundert anstarren und sich darauf im stillen sagen, sie müßten sich nun mal damit abfinden, mit einer überspannten, langweiligen Gefährtin über steinige Wege zu fahren. Und prompt verfielen sie in Selbstmitleid, das immer noch der beste Trost in allen Lebenslagen ist. Doch es tut weh, alle seine Empfindungen für alle Zeit unterdrücken zu müssen, und ich glaube, solche Qualen, die kein Ende haben, werden von einer Frau stärker gefühlt als von einem Mann, denn Frauen haben, trotz allen Aufbegehrens, immer noch viel von der Efeu-Natur in sich, ein ungesundes Bedürfnis nach Mitgefühl und Anlehnung. Fahren wir zu den Lupinen hinaus und sehen sie dort hingebreitet, so weit das Auge reicht, in ihren vollkommenen Farben und Düften, im milden Augustsonnenschein badend, so möchte ich mit jemandem darüber sprechen, der diese Freude mit mir teilt. Gehe ich dann die Liste meiner Freundinnen durch und versuche, eine zu finden, die mit mir jubelt, so überfällt mich wieder einmal die Angst vor der Einsamkeit, die jeden von uns umgibt. Es ist wahr, ich habe viele Freunde und Freundinnen – Leute, mit denen ich gern einen Nachmittag verbringe. Es dürfen nur nicht zu viele

Nachmittage sein, und man muß achtgeben, nichts unter der Oberfläche aufzurühren. Aber nur eine ist dabei, die im großen und ganzen denselben Geschmack hat wie ich. Doch sogar ihre Sympathie hat Grenzen, sie erklärt mir zum Beispiel unumwunden, es würde ihr überhaupt keinen Spaß machen, Gänsemädchen zu sein. Warum nur? Fast wäre unsere Freundschaft über der Gänsemädchenfrage zu Fall gekommen, das Thema stellte sich als unerwartet widerborstig heraus. Wenn ich mir einen Beruf wählen könnte, wäre ich am liebsten Gärtnerin, und falls ich als solche keine Beschäftigung fände, liebend gern Gänsehirtin. Ich würde in den allergrünsten Wiesen sitzen und auf diese hübschen, dicken, seelenruhigen Gänse aufpassen, die weißer und träger sind als die Wolken an einem schönen Sommermorgen. Ihr gemächliches Gewatschel wäre Balsam für eine aufgewühlte Seele, die schon zu lange unter Spannungen gelitten hat. Die Wiesen, auf denen Gänse weiden, sind allerliebst, grüne Mulden mit kleinen Gehölzen aus Bäumen und Büschen, nah an einem Weiher oder Sumpf und bedeckt von den fragilen Wiesenblumen, die draußen so lieblich gedeihen und so betrüblich rasch verwelken, wenn man sie ins Zimmer stellt. Sechs Monate im Jahr wäre ich glücklicher als eine Königin und hätte nur diese weißen, beleibten Wesen um mich. Im April finge ich mit den Sumpfdotterblumen an und hörte im September mit den Brombeeren auf; ein Auge paßte auf die Gänse auf, das andere widmete sich Wordsworth, den ich bei mir hätte. So sähe ich die Monate vorüberziehen, die beiden ersten ganz weiß und gelb, die letzten drei hinreißend mit den Lupinenfeldern und den Blaus und Rots und Purpurfarben, die sich in wunderbaren Schattierungen auf den Hecken und Gräben ausbreiten und große Farbflecken auf dem Gras am Wasser bilden. Im Oktober dann würde ich meinen Wordsworth zuklappen, zurück ins zivilisierte Leben kehren und mich wahrscheinlich auch daran beteiligen, die Gänse eine nach der anderen zu verspeisen, gebührend dankbar für die Erfahrung, die mir durch sie zuteil geworden ist.

Ich glaube, in England gilt es als nicht besonders fein, Gänse zu essen, das überläßt man dem Gesinde. Hier ist die mit Äpfeln gefüllte Gans ein sehr beliebtes Gericht, auch bei Leuten, die mit Recht der Ansicht sind, allein die Zahl ihrer Ahnen erhebe sie schon über jeden Verdacht hinsichtlich der Verfeinerung ihres Geschmacks, egal wie oft und wie gern sie Gänsebraten essen. Dabei fällt mir eine Dame ein, deren Vorfahren, vermutlich alle leidenschaftliche Liebhaber von Gänsebraten, bis in die entlegenste Vergangenheit zurückreichten – sie pflegte ganze Tafelrunden damit zu verstimmen, daß sie von der

Gans, die ihr gereicht wurde, so viel Haut oder Kruste nahm, wie sie konnte, wobei sie in das verbissene Schweigen hinein bemerkte, dies sei nun mal ihre Lieblingsspeise. Was zweifellos stimmte. Leider war es aber auch das Lieblingsgericht der Gäste, die nach ihr kamen und die sich durch die eisernen Anstandsgesetze gezwungen sahen, vornehme Gelassenheit an den Tag zu legen, obwohl es sie rasend danach verlangte, aufzustehen und, koste es, was es wolle, ihr Recht auf ihren Anteil knuspriger Haut zu verteidigen. Ich weiß noch, sie hatte sehr hübsche, kleine, weiße Hände, wie winzige Krallen, und trug wunderschöne Ringe, und da ich ihr gegenübersaß und für Gans ohnehin keine übermäßige Begeisterung aufbrachte, konnte ich in aller Ruhe beobachten, wie sie ihre Gänsehaut verputzte: die weißen Hände flogen auf und ab und gingen mit Messer und Gabel so fürchterlich geschickt um, wie man es in dieser Vollkommenheit nur im deutschen Vaterland antrifft. Ich fürchte, die ganze Nation macht sich mehr aus Essen und Trinken, als die Vernunft gebietet, und das erklärt ohne Zweifel, warum so viele von uns schon um die dreißig ihre ursprünglich klassischen Formen verloren haben. Spaziert man in einer Stadt über die Straße, so kann man ziemlich sicher sein, im Gespräch der Vorübergehenden das Wort Essen aufzuschnappen. Und Essen, verbunden mit Trinken, das notwendig zu dieser überflüssigen Schwelgerei gehört, ist nun mal hier die ganze Wonne der mittleren und unteren Stände. Jede Erzählung, jeder Roman ist voll von den einfühlsamsten Beschreibungen dessen, was alle essen und trinken. Von Mahlzeiten ist jedenfalls viel öfter die Rede als von Küssen. So daß der Romanleser, der eine Liebesgeschichte erwartet, sich zu seinem Ärger mit Menüs abgespeist sieht. Der Oberschicht freilich stehen alle möglichen Vergnügungen zur Verfügung, Essen ist nichts Besonderes mehr, deshalb sind sie auch so schlank wie der Rest der Welt. Ist man aber neugierig und will erleben, wie sehr Essen das Leben der Bürger oder doch den für Genüsse reservierten Teil davon ausfüllt, dann begibt man sich am besten während der Monate Juli und August in die Seebäder. Die Schulen sind geschlossen, und die Bourgeoisie verwirklicht dort den Traum, dem sie sich ein ganzes Jahr lang hingegeben hat: Hotelleben und ein riesiges Mittagsmahl täglich um ein Uhr.

Unser Aprilkind war in den ersten Jahren ein kränkliches, kleines Geschöpf, und der Arzt verordnete ihr zur Stärkung den Aufenthalt in einem Seebad, das fast ausschließlich vom Mittelstand besucht wird. Drei Jahre hintereinander fuhr ich mit ihr dorthin. Während sie im Sand tollte und dabei braun und rundlich wurde, langweilte ich mich sehr und verfiel darauf, die anderen Badegäste zu beobachten. Sie verbrachten, so schien es, ihre Zeit damit, sich ausführlich über die Köstlichkeit der letzten Mahlzeit auszulassen und sich durch leichte Bewegung auf die Genüsse der nächsten vorzubereiten. Den Morgen brachten sie am Strand zu, die Frauen mit Handarbeiten, damit es so aussah, als hätten sie etwas zu tun, während die Männer mit ihren Ferngläsern, Schiffermützen und häßlich gemusterten langen Capes, Havelocks genannt, die ihnen bis zu den Füßen reichten und sie wie dicke Weibsbilder aussehen ließen, ziellos in der Nähe herumwanderten – sie alle warteten mit mehr oder weniger unverhohlener Begierde darauf, daß ein Uhr heranrückte, der Augenblick, auf den sie sich schon seit gestern gefreut hatten. Erklang die Glocke, so versammelten sie sich mit einer Art feierlichem Ernst, nachdenklicher Sammlung, die am besten mit dem Wort *recueillement* beschrieben wird, und verspeisten Gang für Gang, wie viele es auch sein mochten, in einem heißen, von Fliegen und Sonnenstrahlen durchflirrten Speisesaal. Das Mittagessen dauerte gut eineinhalb Stunden, und danach drängten sie alle wieder mit roten Gesichtern und in den Zähnen stochernd hinaus, zu den Tischen unter den Bäumen, wo die erschöpften Kellner ihnen große Tassen Kaffee und Kuchen servierten. Das dauerte ungefähr eine Stunde, dann verschwanden sie nach und nach in ihren Zimmern, wo sie vermutlich schliefen, denn bis sechs Uhr herrschte im Ort tödliche Stille, und April und ich hatten alles ganz für uns allein. Gegen sechs sah man einzelne Paare langsam über die Strandpromenade wandeln und hinauf in die Wälder keuchen, die einzige Anstrengung des Tages und bitter nötig, damit sie ihr Abendbrot mit Genuß verzehren konnten. April und ich sahen sie durch das Farnkraut, aus den Moosnestern, die wir uns am Nachmittag bauten, zwischen den Bäumen heraufkommen, nachdem sie die Klippe erklommen hatten, vorneweg der Ehemann mit dem Havelock über dem Arm, nach Luft schnappend und das Gesicht abwischend. Die Gattin ächzte hinter ihm her in ihrem engen Seidenkleid, die Hutbänder offen. Sie trug ihren Umhang und einen Sonnenschirm, dazu oft noch ein geheimnisvolles Körbchen und mußte, umfangreich und erhitzt und atemlos, wie sie war, obendrein noch ihr Kleid aufraffen. Ganz gleich wieviel sie zu schleppen hatte, wie dick und unbeholfen sie war, wie steil der Anstieg und wie schwer das Mittagessen – daß ihr Gatte ihr Umhang, Schirm und Körbchen abgenommen und getragen hätte, kam keinem von beiden in den Sinn. Wäre es ihm durch einen schier unfaßlichen Zufall doch eingefallen, er hätte sich damit entschuldigt, er sei ebenso beleibt wie sie, hätte ebensoviel gegessen, sei einige Jahre älter und schließlich sei es ja *ihr* Umhang. Eine unwiderlegbare Logik.

Offensichtlich ist es schwer, der Versuchung zu widerstehen weiterzuessen, auch wenn man längst satt ist, die Folgen, Unbeweglichkeit und knapper Atem, werden mit der Geduld von Märtyrern hingenommen. Aber wer sagt, daß das falsch ist? Daß ich mir aus einem ausgiebigen Essen um ein Uhr mittags nichts mache, ist noch kein Grund, mir einzubilden, ich stünde turmhoch über den anderen. Ihre Exzesse, ich gebe es zu, sind nicht die meinen, doch das gilt auch umgekehrt. Was ist mit den Tagen, die ich tatenlos verbringe, von früh bis spät im Gras liegend und den Wolken nachschauend? Nenne ich sie insgeheim Vielfraße, so könnten sie mich, von ihrem Standpunkt aus, mit gleicher Überzeugung als Verrückte bezeichnen. Alle diese Richtlinien, wie man andere beurteilen und sich an ihre Stelle versetzen soll, sind, fürchte ich, gänzlich unzuverlässig. Als Kind sind sie mir unaufhörlich eingebleut worden, ich war stets bemüht, mich an sie zu halten, und ständig verwundert über die unerwarteten Schlüsse, zu denen ich gelangte. Heute weiß ich, es ist ein Beweis für Einfältigkeit, anzunehmen, andere Leute fühlten, hofften, dächten und freuten sich geradeso wie du. Hätte sich ein übereifriger

Freund dem keuchenden Paar in den Weg gestellt und ihm mit unwiderstehlicher Beredsamkeit geschildert, wieviel glücklicher die beiden wären, wenn sie nur ihr Leben mehr aus dem Vollen und Unbekannten gestalteten, wieviel köstlicher es sei, unbeschwert miteinander zu wandern, zu plaudern und zu lachen, wie angenehm es wäre, den Mann straff und in guter Verfassung, die Frau wieselflink und geschmeidig zu sehen, dann müßten sie es nur so machen wie er, von kaltem Fleisch und Toast leben, nichts trinken, um leicht wie ein Vogel zu sein – wie hätten sie ihn verstehen sollen? Kaltes Fleisch und Toast? Anstatt der Dinge, die sie gerade noch so ausgiebig genossen hatten? Auf die Suppe verzichten, die aus den geheimnisvollen Innereien der Gans zubereitet war, auf den in Bier gedämpften Aal, den Schweinebraten mit Rotkohl, die Rehkeule in saurer Sahne mit eingelegten Bohnen und Preiselbeeren, die Berge von Vanilleeis, Pumpernickel mit Käse, Äpfel und Birnen und obendrauf große Tassen Kaffee und Kuchen. Eine flotte Wanderung über die Heide mit einer wieselflinken Frau könnte wohl kaum den Verlust einer solchen Speisenfolge ausgleichen. Und außerdem könnte sich eine so quicklebendige Person als recht fragwürdige Wohltat herausstellen. Nur Mitleid empfänden sie für den leichtfüßigen Freund, der sein Leben damit verschwendet, sich in Form zu halten und damit alle herrlichen Vergnügen versäumte. Andererseits verachtete der Mann, der früh aufsteht und sich von Toast nährt, die beiden zutiefst, falls er einfältig genug wäre, sich für besser als sie zu halten, oder er bemitleidete sie, sollte er über mehr Großherzigkeit verfügen, noch mehr als sie ihn. So daß am Ende vermutlich jeder seinen Spaß hat, denn Mitleid für seinen Nächsten zu empfinden ist ein subtiles, aber unbestreitbares Hochgefühl.

Ich erinnere mich, als ich in dem Alter war, wo die Leute anfingen, mich Backfisch zu nennen, hatte mir meine Mutter einen roten Mantel mit großen Perlmuttknöpfen gekauft. Ich war in diesem Sommer mit meiner Gouvernante am Meer und schlug die Augen vor Schüchternheit nieder, trug dabei aber die Nase hoch, weil ich hoffärtig war. Auf unseren Spaziergängen fiel uns eine einsame Dame von stattlicher Erscheinung auf, die mit niemandem sprach und ständig in erhabene philosophische Gedanken vertieft schien. »Sie denkt bestimmt über Kant und seine nebulöse Hypothese nach«, entschied ich bei mir, denn ich hatte einmal ein paar Männer mit langen Bärten und demselben entrückten Ausdruck in den Augen über diese Dinge reden hören. »Qu'est-ce que c'est une hypothèse nébuleuse, Mademoiselle?« fragte ich laut.

»Ténez-vous bien, et marchez d'une façon convenable«, erwiderte sie streng.

»Qu'est-ce que c'est une hypothèse – – –«

»Vous êtes trop jeune pour comprendre ces choses.«

»Oh alors vous ne savez pas vous-même!« rief ich triumphierend. »Sans cela vous me diriez.«

»Élizabeth, vous écrirez, dès que nous rentrons, le verbe Prier le bon Dieu de m'Aider à ne plus Être si Impertinente.«

Sie war eine intelligente junge Frau, und die Verben, die ich als Strafarbeit schreiben mußte, waren höchst vertrackt und kompliziert. *Demander pardon pur Avoir Sifflé comme un Gamin quelconque; Vouloir ne plus Oublier de Nettoyer mes Ongles; Essayer de ne pas tant Aimer les Poudings* – das sind nur ein paar Beispiele für ihre brillanten Einfälle auf diesem Gebiet.

Am selben Tag saß die geistesabwesende Dame an der *table d'hote* neben mir. Irgendein Ragoût wurde herumgereicht, und nachdem ich etwas davon genommen hatte, fragte sie mich, bevor sie selbst nahm, was das wohl sei.

»Schnecken«, antwortete ich prompt, gänzlich ungeläutert von den Gebeten, die ich soeben in jeder Zeitform hatte aufschreiben müssen.

»Schnecken! Ekelhaft!« Und sie schickte den Kellner mit einer hochmütigen Handbewegung weiter und schaute herablassend auf uns andere, die wir stillvergnügt aßen.

»Was, Sie essen nichts von dem ausgezeichneten Ragoût?« fragte ihr Nachbar auf der anderen Seite, ein schwitzender Mann, der gerade seinen Teller leergegessen hatte und nun Zeit fand, sich über ihren leeren zu wundern. »Mögen Sie denn keine Kalbszunge mit Champignons? Sonderbar!«

Ich sehe immer noch das Gesicht der armen Dame vor mir, als sie sich mir zuwandte, eher wie eine Tigerin als wie die erhabene Denkerin, die sie noch einen Moment zuvor gewesen war. »Sie unverschämter Backfisch!« zischte sie. »Mein Lieblingsgericht – Ihnen habe ich zu verdanken, daß mir das ganze Essen, der ganze Tag verdorben ist.« Und in blinder Wut packte sie mich am Arm, als ob sie mich vor der versammelten Gesellschaft schütteln wolle, während ich dasaß und entsetzt über die Folgen eines verspielten Einfalls zur falschen Zeit nachdachte.

Wenn ich's mir aber recht überlege, illustriert diese Geschichte weniger die gewaltige Bedeutung des Essens in unserem Land als die jedes Maß überschreitende Frechheit von Backfischen in roten Mänteln.

16. August.

Ein Garten, finde ich, sollte von einem Ende bis zum anderen schön sein, nicht nur vor dem Haus mit einem Feuerwerk aufwarten und hinten lediglich ein paar struppige Büsche vorweisen. Der Standard, den man vor den Fenstern erreicht, sollte überall gehalten, wenn nicht übertroffen werden. Der deutsche Gartenentwurf taugt nichts, der alle nur mögliche Pracht mit Teppichbeeten und Glaskugeln auf Stöcken vor dem Haus konzentriert, in der Hoffnung, daß ein Fremder, den man mit Bedacht nur dort herumführt und dem keineswegs gestattet wird, selbst auf Entdeckungsreisen zu gehen, selbstverständlich annimmt, das ganze Grundstück sei genauso großartig gestaltet, wobei er doch genau weiß, daß es um die Ecke nur noch Federvieh und Misthaufen zu sehen gibt. Diese Methode liegt mir nicht. Ich versuche, meinen Garten um so prächtiger und gepflegter aussehen zu lassen, je tiefer man in ihn hineingeht. Und der Gast, der aus dem Schatten der Veranda tritt und in seiner Unschuld meint, schon das Beste vor sich zu haben, wird listig von einer Sehenswürdigkeit zur anderen geleitet, bis er dort steht, wo für mich der bezauberndste Teil des Gartens beginnt: vor der Silberbirke und der Azaleenpflanzung am äußersten Ende. Dort ist die südlichste Grenze meines Königreichs, ein Farbenrausch im Mai und Juni, und jenseits davon sieht man die friedlichen Weiden, die sich zum fernen Wald hin erstrecken. Der ideale Besucher wird, nachdem er diese Aussicht genossen hat, erfrischt und als ein neuer Mensch ins Haus zurückkehren. Solche Leute führt man gern herum – einen Mann (oder eine Frau), die Gärten so sehr lieben, daß sie gern auch lange Wanderungen auf sich nehmen; die kommen, um Anerkennung zu äußern, zu vergleichen und zu bewundern; deren Anmerkungen, auch wenn sie kritisch ausfallen, wie Tau auf die durstige Gärtnerseele niedersinken, die, was das betrifft, nur zu sehr an Dürre gewöhnt ist. Sie wissen genausogut wie ich, wieviel Arbeit, Geduld, Lernen und Beobachten für die Blumen im Garten aufgebracht wurde, wieviel Lachen über Fehlschläge, wieviel Neuanfänge mit ungeminderter Begeisterung und wieviel unerschütterliche Zuversicht. Sie wissen, was ich für sie getan habe und sie für mich und daß mein Garten ein Ort der Freude ist und immer sein wird, ein Platz, um zu lernen und gesund zu werden, Wunder zu erleben und immerwährenden Frieden.

Wer mit der Natur von Angesicht zu Angesicht lebt, wird sich selten entmutigen lassen. Maulwürfe und später Frost – beides gibt es hier reichlich – haben mich oft betrübt und enttäuscht, doch selbst die, meine schlimmsten Feinde, konnten mir den

Mut nicht nehmen. Bisweilen gerate ich zwar in einen Zustand, mich zu gar nichts mehr aufraffen zu können. Doch wenn es soweit mit mir gekommen ist, mache ich einen flotten Spaziergang im Sonnenschein, und im Nu geht es mir wieder besser. Im Garten zu leben macht gesund, gesund an Leib und Seele, und wenn ich behaupte, Maulwürfe und späte Fröste seien meine schlimmsten Feinde, so zeigt das nur, daß ich niemals imstande wäre, mich hinzusetzen und über die Missetaten meiner Nächsten zu grübeln. Die frische Brise in meinem Garten hat längst alle Sorge, Verdrießlichkeit und jeden Groll weggeblasen, damit schlagen sich nur die herum, die in der Menge leben. Der stärkste Frost, der alle meine Hoffnungen für ein ganzes Jahr zunichte gemacht hat, tut meinem Gemüt immer noch wohler als eine einzige boshaft gemeinte Lüge oder Wahrheit anhören zu müssen. Und mir ist ein Maulwurf, der Tunnel unter meine Rosenbäumchen gräbt und Luft an ihre Wurzeln kommen läßt, immer noch lieber als ein Gruß ohne Wärme und Freundlichkeit. Was gibt es Besseres, als gesund und glücklich zu sein, dazu an einem Ort, wo ich sein möchte. Ein Mann hat es mir einmal vorgeworfen, daß ich so glücklich und zufrieden bin. Er sagte, jedermann habe sein Kreuz zu tragen, wir lebten in einem Jammertal. Dazu bemerkte ich, Maulwürfe seien mein schlimmstes Kreuz und zeigte ihm die großen, schwarzen Hügel, mit denen sie den Tennisplatz dekoriert hatten, doch was das Jammertal betrifft, so könne ich ihm nicht zustimmen, mein Glaube an die Welt als liebenswerter und freundlicher Ort sei nun mal nicht zu erschüttern. Wir fänden dort alles, was uns glücklich macht, solange wir nur bescheiden blieben und uns beschränkten. Kummer und Krankheit, beharrte er, würden aber bestimmt kommen, und er wurde richtig wütend auf mich, als ich andeutete, auch sie könnten vielleicht mit Gleichmut ertragen werden. »Und haben nicht sogar diese Dinge ihre guten Seiten?« rief ich aus. »Selbst wenn ich bis zum Kragen in Krankheiten und Behandlungen steckte, hätte ich wenigstens etwas zu erzählen, was meine Freundinnen interessierte, und brauchte mir nicht, wie es jetzt der Fall ist, den Kopf darüber zu zerbrechen, was ich als nächstes sagen soll, und zu wünschen, sie würden sich endlich verabschieden.« Rings um mich her, erwiderte er, gäbe es nur Elend, Sünde und Leid, und jeder Mensch, der nicht ganz und gar von Selbstsucht verblendet sei, müsse das wahrnehmen und sich den Ernst, die Tragödie des Lebens vor Augen halten. Ich fragte ihn, ob es irgendwem helfen würde, wenn ich selbst elend und unzufrieden wäre, und er sagte, wir müßten alle unsere Bürde auf uns nehmen. Darauf versicherte ich ihm, ich weiche vor der meinen nicht zurück, obwohl ich mich insgeheim schämte, weil es sich dabei nur um Maulwürfe handelte. Kopfschüttelnd und mit finsterer Miene machte er sich auf den Heimweg zu seiner Frau und seinen elf Kindern. Kurz darauf hörte ich, das zwölfte Kind sei zur Welt gekommen und seine Frau gestorben, und als sie starb, habe sie mit unbegreiflichem Groll ihr Gesicht von ihm weg zur Wand gedreht. Die Gerüchte über seine unerschütterliche Frömmigkeit drangen sogar zu mir in den Garten. Er habe, als er ihr die Augen zudrückte, gesagt: »Es ist Gottes Wille.« Er war ein Missionar.

Was aber soll es schon nützen, einer Frau mit einem Garten zu erklären, sie solle gefälligst in sich gehen, weil sie glücklich sei? Die frische Luft ist voller Leben, sie trägt solche Vorwürfe auf und davon, und man lacht darüber. Sie treiben mit dem Duft der Stockrosen dahin, du stehst im Sonnenschein und schaust auf deine heiteren Blumen und glaubst inständiger als je zuvor, es sei gut und richtig, dankbar zu sein. Oh, was für eine süße, sichere Zuflucht so ein Garten ist! Ob ich müde bin, weil ich mich zuviel gefreut habe, oder müde, weil ich zuviel Ärger mit den Dienstboten gehabt oder zu lange mit Missionaren geredet habe – ich brauche nur die Verandastufen hinunterzusteigen und bin sofort ruhig, fröhlich und ganz wieder ich selbst. Mitunter fühle ich es förmlich, wie sich, während ich die Stufen hinuntergehe, eine sanfte, segnende Hand auf meinen Kopf legt. Das kommt wohl von der Stille, die in meine Seele einzieht, sobald ich das enge, unruhige Haus verlasse und in diese Reinheit eintrete.

Manchmal halte ich mich stundenlang auf dem südlichen Pfad nah der Veranda auf und lausche und schaue. Es ist einer meiner Lieblingsplätze, und, obwohl gleich unter den Fenstern, ist es dort so abgeschieden. Auf dieser Seite des Hauses sind keine Schlafzimmer, bloß die Räume des Grimmigen und meine Tageszimmer. Kein Hausmädchen kann mich dabei beobachten, wie ich dort stehe und mich freue. Könnten oder würden sie es tun, ich ginge einfach nicht dorthin, denn nichts stört so sehr im tiefen Nachdenken als das Bewußtsein, neugierige Augen erspähten dich hinter einem Vorhang. Meiner Meinung nach ist der herrlichste Garten nichts wert, wenn es unmöglich ist, außer Sichtweite des Hauses zu gelangen – in welche Ecke du dich auch verkriechen willst, es starrt mit unbeweglichen Argusaugen auf dich herab. In England, dem Land der lieblichen Gärten, sah ich einmal Haus und Garten in Vollendung, kein Unkraut zugelassen, jeder Löwenzahn und jedes Gänseblümchen – die Lust der Genügsamen – schon vor Jahren ausgerottet, die Pflanzungen von exquisitem Geschmack, der Rasen so makellos, daß man kaum darauf treten mochte aus Angst, ihn schmutzig zu machen, und das Ganze völlig unbewohnbar für Menschen mit einem Hang zum Alleinsein, weil man, ganz gleich, wo man hingeht, überall gesehen wird. Seit ich hier in diesem geräumigen Gelände lebe, voll von Pfaden und Gehölzen, wo ich sicher bin, daß niemand mich findet, draußen weite Felder, Heideflächen und Wälder und soviel Raum, zu atmen und sich zu bewegen, fühle ich mich in jedem perfekten, übersichtlichen Anwesen eingeengt und bedrückt. Ich habe in dem kleinen, englischen Paradies einen glücklichen Nachmittag verbracht, war aber selig, es wieder verlassen zu können im Gedanken an meinen lieben, ungezähmten Garten und all die Verstecke, wo die Anemonen im Frühjahr wie Sterne blinken und wo es soviel Natur und sowenig Kunst gibt. Ich weiß, er wird mit jedem Jahr gepflegter werden, er ist aber viel zu groß, um je diesen Grad der Perfektion zu erreichen und so aufgeräumt auszusehen, daß sich unversehens die verwegene Vorstellung einstellt, allmorgendlich schwärmten Hausmädchen in Trupps aus, um jede einzelne Blume mit einem Staubwedel zu bearbeiten. Die Natur an sich ist nicht ordentlich, und in einem Garten sollte sie den ersten Platz einnehmen, wohingegen die Kunst mit ihren Harken und Scheren bescheiden an zweiter Stelle kommt.

Kunst hat ihren Platz im Haus, wo sie sich über die Wände ausbreitet, in den Fenstervorhängen nistet, in den Sofakissen lauert und sich in einer Orgie von Töpfen manifestiert, wo immer Töpfe hinpassen mögen – da sollte sie sich wirklich draußen nicht vordrängen. Wie unerfreulich ist es, an jeder Ecke auf einen Gärtner mit Schubkarren zu stoßen, was in einem makellosen Garten unvermeidlich ist. Mein Gärtner, dessen Taubheit durch die Schärfe seines Augenlichts mehr als ausgeglichen wird, bemerkte sehr bald die düstere Miene, die ich aufsetzte, sobald ich ihm oder einem seiner Gehilfen auf den von mir bevorzugten Wegen begegnete, und seither meiden sie es, meinen Pfad zu kreuzen. Ich glaube, er hat sie bei den Gurkenbeeten angekettet, sie sind einfach verschwunden, und er läßt sie nur los, wenn er weiß, ich bin ausgefahren oder beim Essen oder schlafen gegangen. Nichts ist irritierender, als unter einem schattigen Baum zu sitzen, den Bleistift gezückt, die Augen himmelwärts gerichtet in Erwartung des göttlichen Funkens, der sich ohnehin nie einstellt, da kommt plötzlich ein Mann um die Ecke und beginnt augenblicklich ganz in der Nähe, die Erde mit seinen Krallen aufzuwühlen. Keiner weiß, wie viele der unter der Bezeichnung »geflügelte Worte« bekannten Äußerungen ich wegen solcher Unterbrechungen nicht zu Papier gebracht habe. Und wirklich, beim

Durchblättern dieser Seiten muß ich erkennen, daß ich sie alle verpaßt habe, denn ich entdecke nichts darin, was auch nur aus der Ferne nach Flügeln aussieht.

Manchmal, in kritischer Stimmung und allen Glaubens bedürftig, um nicht die Geduld zu verlieren, schüttele ich den Kopf so streng über das ungebärdige Wachstum im Garten wie der Missionar über mich. Die Büsche wuchern über die Pfade, halten mich fest, wenn ich vorbei will, und geben mir so zu verstehen, daß sie nicht ausreichend beschnitten wurden. Wilder Pflanzenwuchs breitet sich auf den Rasenflächen aus, ohne daß ihm Männer mit der Hacke zu Leibe rücken. Auf den meisten Beeten entdeckt man Spuren nächtlich herumstreifender Füchse. Die Nelken werden in jedem Frühsommer von egoistischen Hasen abgeknabbert, die auf diese Genüsse nicht verzichten wollen, und die Eichhörnchen verbringen ihre Tage damit, übermütig die zarten, jungen Kiefernschößlinge abzubeißen und von den Bäumen herunterzuwerfen. Und dann ist da noch der Junge, der den an einen Esel gespannten Wasserwagen im Garten herumfährt und der verwerflichen Gewohnheit frönt, die Kurven zu schneiden und dabei Stücke vom Rasen mitzunehmen. »Doch diese Dinge lassen sich nun mal nicht ändern«, sage ich zu mir selbst, »willst du die Hasen und Füchse loswerden, mußt du häßliche Drahtzäune um den ganzen Garten ziehen. Und warum betonst du stets, wie sehr dir das Unkraut gefällt und jammerst doch um deinen Rasen? Macht es denn wirklich etwas aus, wenn die Eichhörnchen sich an den Kiefern gütlich tun – die müssen das schon Jahre, bevor du geboren wurdest, ausgehalten haben und erfreuen sich immer noch bester Gesundheit. Aber Jungen, die sind wirklich unverschämt! Sollte man sich nicht mal an diesen heranschleichen, wenn er gerade nicht aufpaßt, ihn kopfüber in sein Wasserfaß stecken und den Deckel draufdrücken?«

Ich fragte das Junikind, das schon mehrmals mit Entrüstung die sträfliche Nachlässigkeit dieses Jungen in bezug auf die Rasenkanten bemerkt hatte, ob es nicht meinte, auf diese Weise könnte man ihn gut loswerden. Da sie sehr viel von Strafen hält, lobte sie lauthals meinen Plan, doch die beiden anderen protestierten. »Er könnte da drin totsterben«, sagte das Maikind ängstlich. »Und er ist so ein böser Junge«, meinte April, die mit besonderem Abscheu sein rücksichtsloses Benehmen beobachtet hatte, »wenn er mal erst tot wäre, würde er direkt in die Hölle kommen und die ganze Zeit beim *diable* bleiben müssen.«

Das war das erste französische Wort, das ich von ihnen vernahm: eine seltsame, schweflige Frucht von Séraphines Belehrungen!

Wie eine Prozession wandelten wir durch den Garten, ich mit einer großen Schere, die drei mit Körben bewaffnet. In den einen legte ich die frischen Blumen, in den anderen kamen die, die schon Samen angesetzt hatten oder verblüht waren. Der Garten schauderte vor Hitze und Licht. Regen am Morgen hatte alle Schnecken aus ihren Verstecken gelockt, und wir waren glückselig, wie wir es immer sind – ich bis zu den Knien in Blumen, die Kinder beim Suchen von neuen Schnecken für ihre Sammlung. Diese Sammlungen werden den ganzen Tag in Pappkartons herumgetragen, und abends stellt jedes Kind die seine auf einen Stuhl neben sein Bett. Es kommt vor, daß die Schnecken heraus und über die Betten kriechen, aber das macht den Kleinen nichts aus. Eines Morgens wachte April auf und war überglücklich, eine liebe kleine Schnecke auf ihrer Wange zu finden – eben Kinder mit eisernen Nerven und reinem Gewissen.

»Dann könnt ihr also schon ein bißchen Französisch«, sagte ich, mit den Samenkapseln der Mohnblumen beschäftigt, »ihr habt ja immer so getan, als könntet ihr's nicht.«

»Ach, laß doch die Mohnblumen, Mama«, rief April, als sie sah, was ich in den Korb warf, »pflück sie ab und laß sie einfach liegen, das ist für viele Sachen gut.«

»Erzähl mir was vom *diable*«, sagte ich, »dann darfst du deine Mohnblumen behalten.«

»Der ist nicht nett, der *diable*«, begann sie sofort mit atemloser Redseligkeit. »Séraphine sagt, da waren mal ein Mädchen und ein Junge, die gingen zusammen spazieren, und da gab es zwei Wege, der eine geht über Steine, aber das war der Weg zum lieben Gott, und das Mädchen ging auf diesem Weg bis zu einer Tür, und der liebe Gott machte die Tür offen, und sie ging rein, und das ist der Himmel.«

»Und der Junge?«

»Oh, der war ein böser Junge, der ging den anderen Weg bis zu einem Baum, und auf dem Baum stand geschrieben: ›Geh nicht weiter oder du bist tot.‹ Da sagte er: ›Das ist eine *bêtise*‹ und ging einfach weiter und kam in die Hölle, und da kriegt er Prügel, wenn er nicht tut, was der *diable* sagt.«

»Das kommt, weil er so böse war«, erklärte mir das Maikind mit eindrucksvoll erhobenem Finger, »der wollte nicht in den Himmel und nicht lobsingen.«

»Alle Jungens sind böse«, sagte Juni, »ich mag sie nicht.«

»Nous allons parler Français«, verkündete ich, weil ich nur zu gern herausfinden wollte, ob ihr ganzer Wortschatz aus *diable* und *bêtise* bestand: »Ich glaube, ihr könnt das schon ganz gut.«

Keine Antwort. Ich schnitt die Schoten an den Wicken ab und fing an, französisch zu plaudern, stellte Fragen, während ich schnitt, und versuchte, ihnen Antworten zu entlocken, bekam aber keine. Langsam wurde das Schweigen hinter mir bedrückend. Dann vernahm ich einen schwachen Seufzer, und der Korb, der zu mir hinaufgereicht wurde, begann zu zittern. Rasch bückte ich mich und spähte unter Aprils Sonnenhäubchen: sie weinte dicke Tränen und rieb sich mit der freien Hand fest die Augen.

»Warum, mein kleiner Liebling«, rief ich aus, kniete nieder und nahm sie in die Arme. »Was um Himmels willen ist denn los?«

Sie sah mich mit Augen an, die von Kummer und Zweifel erfüllt waren. »So eine Mama, die mit ihren Kindern französisch spricht!« schluchzte sie.

Ich warf die Schere hin, hob sie auf und trug sie auf dem Weg hin und her, tröstete sie mit den liebevollsten Worten, die mir in den Sinn kamen und unterdrückte den Wunsch zu lächeln. »Das ist aber jetzt kein Französisch, nicht?« flüsterte ich am Ende einer langen Reihe von Koseworten, die, glaube ich, mit so hochfliegenden Lobpreisungen wie »einzig Geliebtes« und »Engelskind« begannen und mit vielen Küssen endeten.

»Nein, nein«, antwortete sie, tätschelte mein Gesicht und sah unendlich erleichtert aus, »das ist lieb, so reden Mamas immer. Richtige Mamas sprechen nie französisch, nur Séraphines.« Sie drückte mich fest an sich, und ihr Kuß verteilte alle Tränen auf meinem Gesicht. Ich stellte sie auf die Füße, nahm mein Taschentuch heraus und versuchte, die Spuren meines mißglückten Versuchs, Gouvernante zu spielen, von ihren Wangen zu wischen. Warum ist nur, wenn Kinder weinen, gleich ihr ganzes Gesicht schmutzig gestreift? Ich für mein Teil könnte vermutlich eine Woche lang weinen, ohne klebrig zu werden.

»Ich sag euch, was ich jetzt tun werde, Kinder«, rief ich, bemüht, an einem so lieblichen Tag wieder ungetrübte Heiterkeit aufkommen zu lassen, auch, weil ich mich für meinen unangebrachten Übereifer schämte – April hatte ja wirklich recht, gute Mütter überlassen Belehrungen und Quälereien anderen und widmen ihre ganze Energie dem Schmusen. »Ich werde nach dem Tee einen Ball geben.«

»*Ja!*« schrien die drei begeistert, »und alle Kinder sind eingeladen.«

»Zuerst müßt ihr euch aber überlegen, was ihr anzieht. Sicher wollt ihr dasselbe essen wie sonst. Lauft zu Séraphine und sagt ihr, sie soll euch fertigmachen.«

Sie nahmen ihre Körbe und Schneckenschachteln und verschwanden im Buschwerk, voll Begeisterung nach Séraphine rufend – Französisch und *le diable* waren aus ihrem Gedächtnis verschwunden.

Drei- oder viermal im Jahr werden diese Bälle mit großem Aufwand veranstaltet. Sie dauern ungefähr eine Stunde, in der ich am Klavier in der Bibliothek sitze und muntere Weisen klimpere, und die Kleinen walzen hingebungsvoll um die Säule herum. Paarweise tanzen sie nicht, denn dann bliebe immer eins zähneknirschend als Mauerblümchen sitzen. Und wenn sie Quadrille tanzen, wird aufgrund der eigensinnigen Zahlengesetze ein Triangel daraus. Zur angegebenen Zeit klopfen sie an die Tür und kommen mit den Sachen, die sie eigens für diesen Anlaß ausgesucht haben, herein (beim letzten Ball trug das Aprilkind mein Jagdwams, das Maikind erschien mit einem Muff und das Junikind mit Séraphines Sonnenschirm). Sie machen einen Knicks vor mir, und jedes sagt etwas, von dem es meint, es sei der feierlichen Veranstaltung angemessen.

»Wie geht es Ihrem Gatten?« hatte Juni mich letztesmal gefragt, in dem herausfordernden Ton, den sie offenbar bei Bällen für üblich hält.

»Sehr gut, vielen Dank.«

»Oh, das ist schön.«

»Meinem geht's gar nicht gut«, bemerkte April fröhlich.

»Wirklich?«

»Nein, der hat so Bauchschmerzen.«

»Du meine Güte!«

»Er wär' nämlich sonst auch gekommen, mit seinen feinen Hosen an – rosane mit so Bändchen.«

Nach solcherart höflichem Geplauder fängt der Ball dann an, und nach einer Stunde Tanzen wird das Essen, bestehend aus Radieschen und Limonade, auf Schemeln serviert. Haben sie es einschließlich aller Reste, auch der Radieschenstrünke, verzehrt, erheben sie sich höchst manierlich, drücken in gesetzten Worten ihren Dank für die Geselligkeit aus und gehen zu Bett, wo sie die ganze Nacht unter schrecklichen Alpträumen zu leiden haben, was nach einer so ungewöhnlichen Kombination von Radieschen und Kleinkindern bloß natürlich ist. Deshalb finden meine Bälle auch nur selten statt – die Kleinen bestehen auf Radieschen zum Abendbrot, und ich, als vernünftige Mutter, die sich ihrer Verantwortung stets bewußt ist, bin demnach gezwungen, meine Einladungen auf zwei, höchstens drei im Jahr zu beschränken.

Als nun diese letzte vorbei war, fühlte ich mich doch ungemein ermattet und fand kaum noch Kraft, ihren Dank mit Haltung entgegenzunehmen. Eine Stunde Klavierspiel bei einer Temperatur von 90 °R hinterläßt auch bei den ausdauerndsten Müttern Spuren. Als sie dann im Bett lagen, und das Abendessen anfing, seine Wirkung zu zeigen, ließ ich den Wagen kommen und suchte Erholung im Wald, eine günstige Fluchtgelegenheit, bevor der Grimmige selbst zum Abendessen erschien. Wir hatten schon sehr lange heißes Wetter, doch der Regen am Morgen hatte bei meinen Blumen Wunder gewirkt, und im Wegfahren konnte ich nicht umhin zu bemerken, wie bezaubernd die Beete vor dem Haus aussahen mit ihren weißen Stockrosen, den weißen Löwenmäulchen und einem Rand von fedrig leichten Ringelblumen. Dieser Gärtner hat hier wirklich schon beträchtliche Veränderungen bewirkt – ich glaube, ich habe endlich den richtigen Mann gefunden. Für einen Obergärtner ist er noch sehr jung, gibt sich aber deswegen um so mehr Mühe, mir zu gefallen und seine Stellung zu behalten. Es ist ein großer Vorteil, mit jemandem zu tun zu haben, der mein Mienenspiel beobachtet und richtig deutet, ohne daß man lange mit ihm reden muß. Allerdings macht er manchmal Fehler beim Einstellen eines neuen Gehilfen, so wie es auch mir erging, als ich sie noch selbst engagierte. Einer der jungen Männer, den er als Lehrling nahm, zeigte, wie der erste von meinen unbedarften Gärtnern, Anzeichen von Wahnsinn. Diesmal handelte es sich um eine harmlosere Geistesstörung in Form von literarischen Ambitionen: der einzige Vorwurf, den man ihm machen konnte, war, daß er Bücher schreiben wollte. Schon früh am Morgen hockte er auf einer meiner Lieblingsbänke und beschwor unverdrossen die undankbare Muse, wo er doch eigentlich hätte Dünger ausfahren müssen, und er brachte die anderen Lehrlinge zur Verzweiflung, indem er ihnen über die Stachelbeerbüsche hinweg Schiller-Zitate zurief. Allerdings habe ich nie mit ihm gesprochen und nicht einmal gewußt, wie er aussieht, hätte er nicht eine Brille getragen, so daß die Unterstellung des Grimmigen, ich untergrabe die geistige Gesundheit meiner Gärtner, vollständig ungerechtfertigt ist. Die Brille freilich kam mir bei einem Gärtner so ungewöhnlich vor, daß ich ihn fragte, wer er sei, und die Antwort erhielt, er habe Jura studiert, sei jedoch durch die Prüfungen gefallen und Gärtner geworden in der Hoffnung, seine Kraft und seine geistigen Fähigkeiten wiederzugewinnen. Ich hielt das für sehr vernünftig und fing an, mich für ihn zu interessieren, als mir eines Tages die Post ein eingeschriebenes Paket zustellte, das ein mir gewidmetes Manuskript enthielt, ein Dramolett mit dem Titel *Der Anwalt als Gärtner*. Der Grimmige und ich kamen beide darin vor, der Grimmige allerdings nur in der Liste der handelnden Personen, vermutlich, damit er sich nicht gekränkt fühlte; jedenfalls hatte er keinen eigenen Auftritt. Ich dagegen geisterte in dem Stück herum als eine

Dame, die die Gärtner zu jeder Zeit mit Tolstoj-Zitaten verfolgte – was ich, das schwöre ich, nie getan habe. Der junge Mann wurde eilends nach Hause zu seiner Familie geschickt, und seither frage ich mich unaufhörlich, wie es kommt, daß dieser Ort offenbar ohne Unterlaß zu Büchern und Verrücktheiten inspiriert.

Als ich gestern abend am Waldrand entlangfuhr, wo staubige Sonnenstrahlen durch die Baumkronen fielen, sah ich Kinder beim Blaubeerpflücken für den Markt, Hände, Gesicht und Kittel mit blauen Flecken verschmiert. Ich wollte zu der Wassermühle, die dem Grimmigen gehört und weit weg in einer Lichtung liegt, so weit weg und einsam und still, daß man glauben muß, der Friede selbst habe sich hier für alle Zeiten niedergelassen. Den ganzen Weg entlang erstreckte sich ein dichter, ununterbrochener Blaubeerteppich. Nie dufteten die Kiefern stärker als nach der langen Hitze, und nie waren mir ihre Stämme im Vorbeifahren rosiger erschienen. Schon bald ließ ich die Blaubeerpflücker hinter mir, die Kinder mögen so spät nicht mehr tief in den Wald hineingehen, und wir holperten über die Baumwurzeln in die sinkende Dämmerung, wobei ich mehr und mehr von jenem Gefühl ergriffen wurde, das mich stets innerlich aufrichtet, dem Gefühl, absolut allein zu sein.

In der Mühle wohnt ein sehr alter Mann, der sie in Ordnung hält, denn sie wird seit langem nicht mehr benutzt, ein tauber Alter mit einem sauberen, zahnlosen Gesicht, ohne eine Ehefrau, die ihm Ärger macht. Er hat mir einmal mitgeteilt, alle Frauen seien Mißgriffe, besonders die schwierige Variante, die man Gattin nennt, und er sei dankbar dafür, nie geheiratet zu haben. Seitdem ist es mir immer ein bißchen unangenehm, ihn in seiner Abgeschiedenheit zu stören, belastet wie ich bin mit meinem Geschlecht und obendrein meinem Status als Ehefrau, doch er scheint stets erfreut, wenn er mich sieht, und rennt sofort hinaus in den Hühnerstall, um frische Eier für meinen Tee zu suchen. Immerhin möglich, daß er mich für die berühmte Ausnahme von der Regel hält. Letztes Mal trug er einen Tisch hinaus unter die Ulme beim Mühlenbach, damit ich dort in der frischen Luft speisen konnte. So saß ich zufrieden und wartete, bis das Wasser kochte, sah die Sonne hinter den Baumwipfeln sinken und schaute auf die vielen kleinen Tümpel und Rinnsale, die der Bach dort, über Sandbänke sickernd, bildete. Der rote Abendhimmel ließ sie im Widerschein aufleuchten. Die stillen Weiher sind von Wasserlilien bedeckt und von Aalen bewohnt, und meistens nehme ich ein Netz voll zappelnder Aale mit nach Hause für den Grimmigen, zur Beschwichtigung wegen meiner langen Abwesenheit. Oft, zur Lilienzeit, steige ich in den Mühlkahn und nehme die Blumen als Vorwand, zwischen den Sandinseln und sogar auf dem Fluß, der sich abenteuerlich durch den Wald windet, herumzupaddeln, wobei mich der alte Mann von der Ulme aus ängstlich beobachtet. Meinem Wunsch, Wasserlilien zu pflücken, bringt er noch einiges Verständnis entgegen, aber meine Vorliebe für Sandbänke ist ihm doch nicht recht geheuer, und einmal, als ich auf eine aufgelaufen war, rannte er eine halbe Stunde in höchster Aufregung am Ufer auf und ab, schrie mir Anweisungen zu, wie ich mich befreien könnte, und sagte, als ich schließlich wieder sicher an Land war, Leute in Unterröcken (seine Umschreibung für Frauen) sollten nicht in Kähnen herumpaddeln, sie sollten sicher auf trockenem Land bleiben und sich still verhalten. Diesmal unternahm ich keine Kahnpartie, denn ich war müde und der Kahn halb voll Wasser, vermutlich vom Müller hineingeschöpft, weil er die Weiberlaunen satt hatte. Still trank ich meinen Tee und setzte die Lektüre von *Werthers Leiden*, die ich am Nachmittag unterbrochen hatte, fort. Ich war gerade bei der Stelle angelangt, die ich immer wieder besonders faszinierend finde, als Werther zum ersten Mal Lotte begegnet und beide nach einem Gewitter ans Fenster treten, und sie ist so ergriffen von der

Schönheit der Natur, daß sie ihre Hand auf seine legt und »Klopstock« murmelt – was den Leser vollständig durcheinanderbringt, nicht aber Werther, denn er, so lesen wir, war von diesem Zauberwort so erschüttert, daß er sich heftig über ihre Hand beugte und sie mit Tränen des Entzückens benetzte.

Ich blickte vom Buch auf, sah die stillen Tümpel und die schwarze Silhouette der Bäume, über der die Sterne zu blitzen anfingen. Meine Ohren waren besänftigt vom Plätschern des Mühlbachs und dem Ruf einer einsamen Eule ganz in der Nähe, und ich fragte mich, wenn der Grimmige jetzt bei mir wäre, würde es meinem Glück Ausdruck verleihen, »Klopstock« zu raunen, und würde er in diesem Fall auf der Stelle Freudentränen über meine Hand ergießen? Der Name klingt nicht gerade melodisch, und daß Goethe ihn seiner Heldin in diesem Augenblick tiefster Gefühle in den Mund legte, scheint einer meiner Auffassungen Nahrung zu geben, die ich manchmal im Gespräch mit dem Grimmigen vorbringe: der Meister hatte wenig Sinn für Humor. Doch da rede ich über Goethe, unser großes Genie und Idol, in einer Weise, die keiner Frau gestattet ist. Was wissen schon deutsche Frauen von diesen Dingen? Gänzlich ungeübt und ungebildet, wie wir sind – wie dürfen wir es wagen, über irgend etwas oder irgendwen ein Urteil zu fällen? Wir können uns nur mit Schlußfolgerungen begnügen, und wenn wir dann gefolgert haben, in Demut den Hinweis empfangen, wir hätten wieder mal die falsche Richtung eingeschlagen. Lange saß ich noch dort, nachdem es zum Lesen zu dunkel geworden war, und dachte an die Worte des alten Müllers und stimmte ihm zu: Das beste, was eine Frau auf dieser Welt tun kann, ist, sich still zu verhalten. Er kam heraus und fragte, ob er eine Lampe bringen solle. Es war ihm offenbar nicht wohl dabei, mich draußen allein im Dunkeln zu wissen. Ich sah die Sterne in den schwarzen Weihern und einen schwachen Lichtschimmer weit weg über den Kiefern, wo die Sonne untergegangen war. Ab und zu stieg eine Welle warmer Luft vom Boden zu mir auf, und darauf folgte ein kühlerer Atem vom Wasser her. Welchen Sinn hat es schon, sich durchzusetzen und immerzu Lärm zu schlagen? Die Natur lehrt uns klar und deutlich: derjenige, der eine Zeitlang in ihr gelebt hat, kann nicht an dem »besten Weg« zweifeln. Ruhig bleiben und seine Gebete sprechen – sicherlich nicht das Allerhöchste, aber doch das einzige, was man tun kann, um wirklich glücklich zu werden. Doch ich schäme mich zu bitten, wo ich schon so viel empfangen habe – mein einziges Gebet kann nur eine Danksagung sein.

September

9. September.

Ich habe im Lexikon das englische Wort für *Einquartierung* gesucht, denn das ist es, was eben jetzt bei uns stattfindet, doch ich konnte nichts Zufriedenstellendes finden. Mein Wörterbuch spricht nur von 1) Unterbringung, 2) Soldaten unterbringen und verliert sich dann in irrelevanten Erklärungen. Offensichtlich kommen Engländer ohne das passende Wort aus, weil es – die Glücklichen! – so etwas bei ihnen nicht gibt. Hier ist es aber wirklich schlimm, eine Epidemie, die an fast jedem Sommerende wütet. Hütten und Höfe wimmeln von Soldaten und Pferden, der weibliche Teil der Ansässigen verlobt sich und vergißt zu arbeiten, indes der männliche Teil vor Eifersucht vergeht und tätliche Rache sucht. Und mein Haus ist so voll von brillanten und dekorativen Herren in stattlichen Uniformen, daß ich mir manchmal wünsche, die schlankesten und hochgewachsensten von ihnen sammeln und als Strauß in einer Porzellanvase in der Ecke des Salons verewigen zu können.

Dieses Jahr finden die Manöver in unserer Nähe statt, so daß wir mit mehr als der üblichen Aufmerksamkeit bedacht werden. Wo man geht und steht, trifft man auf Soldaten, und die heilige Ruhe, die den ganzen Sommer über uns gebrütet hat, ist unaufhörlichem Aufruhr gewichen: Offiziersburschen, die hin- und herrennen, Mahlzeiten zu jeder Tageszeit, das Klirren von Sporen und all den anderen geheimnisvollen Sachen, die an einem Offizier klirren, wann immer er sich bewegt; bittere Klagen meiner unglückseligen Bediensteten, die außer sich sind und nicht wissen, wohin sich um Beistand wenden. Eine Woche geht das schon so, und wir haben noch eine weitere vor uns. Fünfhundert Männer mit ihren Pferden sind im Gehöft einquartiert und dreißig Offiziere mit ihren Burschen im Haus, dazu noch die, die man in den umliegenden Dörfern untergebracht hat und die man zum Essen einladen muß, man kann sie ja schließlich nicht in Bauernkaten verkommen lassen. So ist mein Sommer gegenwärtig alles andere als einsam, und wann immer ich mich verzweifelt in die entlegensten Schlupfwinkel des Gartens flüchte und dort nach meiner Gewohnheit beginne, über den Menschen, die Natur und das Leben zu grübeln, verfolgen mich Leutnants in den elegantesten Flanellhosen und wollen mit mir Tennis spielen, ein Sport, der mir immer besonders widerwärtig ist.

Natürlich gibt es auf dem Hof nicht genug Platz für all diese Männer und Pferde, und wenn ein paar

Tage (manchmal ist es nur einer und mitunter sogar nur ein paar Stunden) vor ihrer Ankunft ein Offizier erscheint und uns die Kopfzahl der uns Zugeteilten bekanntgibt, muß der Grimmige in aller Eile improvisierte Schuppen aufstellen lassen, einige als Ställe, andere als Schlaf- oder Eßräume. Es ist auch keineswegs einfach, für fünfhundert Mann mehr als sonst zu kochen, und alle normalen Tätigkeiten auf dem Hof kommen zum Stillstand, während die Knechte und Mägde ganze Wagenladungen Speck und Kartoffeln zubereiten und Milch, Kaffee und Zucker mit einem Holzstab in einer Wanne zusammenrühren. Das Hauptquartier befindet sich im nächsten Dorf, doch das hielt einen entflammten jungen Offizier nicht davon ab, seine Männer bei ihrer Ankunft um sechs Uhr morgens mit fliegenden Fahnen an unseren Fenstern vorbeimarschieren zu lassen, unter Begleitung einer allerdings spärlich geratenen Musikkapelle, so unbekümmert, als bilde der ganze Riesenlärm erst die gewohnte und rechtmäßige Grundlage des Geschehens. Für einen einfachen Soldaten zahlt man uns sechs Pfennige Logiergeld und sechs Pfennige für sein Pferd – für beide zusammen etwas mehr als einen Penny in englischem Geld. Nur sind leider die Schuppen und die Schreinerarbeiten nicht ganz so billig. Hinzu kommen noch achtzig Pfennige für die Verpflegung jedes Soldaten, dafür erhält er zwei Pfund Brot, ein halbes Pfund Fleisch, ein viertel Pfund Speck und entweder ein viertel Pfund Reis oder Graupen oder drei Pfund Kartoffeln. Für die Offiziere werden uns zwei Mark fünfzig pro Tag ohne Wein vergütet. Natürlich sind wir nicht verpflichtet, ihnen Wein anzubieten – wenn wir es tun, dann weil sie unsere Gäste sind und sich dementsprechend verhalten. Die dreißig, die wir jetzt hier haben, gehen nicht, wie ich es mir gewünscht hätte, alle zusammen am Morgen weg und kehren erst am Abend zurück, manche gehen, wenn andere zurückkommen, das Frühstück ist erst beendet, wenn das Mittagessen schon bevorsteht, das sich bis zum Abendbrot hinzieht, und so ist unser Speisezimmer den ganzen Tag von essenden Offizieren belagert. Schon seit einer Woche ist uns das Gefühl verlorengegangen, das Haus gehöre doch rechtmäßig uns.

Wirklich, mir scheint, ich bin eine vielgeplagte Frau, und der tiefe Friede, den ich bisher genossen habe, wird nun reichlich ausgeglichen von allem, was ich zu erleiden habe. Ich glaube, sogar mein strenger Freund, der Missionar, wäre hochzufrieden, wüßte er, wie rasch seine Prophezeiung von Kummer und Leid in Erfüllung gegangen ist. Den ganzen Tag gebe ich Tischwäsche aus, bestelle Essen, rede den Bediensteten, die schwach in den Knien werden, gut zu, mache passende und liebenswürdige Bemerkungen zu den Offizieren, präsidiere so gelassen, wie es die Natur erlaubt, an der Tafel und versuche, so glücklich und zufrieden wie möglich auszusehen. Während draußen im Garten – ach, ich weiß, wie es bei diesem goldenen Wetter im Garten aussieht, wie gemächlich die Stunden in unwandelbarem Frieden vorüberziehen, wie stark der Duft der Rosen und der reifen Früchte ist, wie die schläfrigen Bienen um die Blumen summen, wie warm die Sonne in der Ecke scheint, wo die kleine Edelkastanie langsam gelb wird – sie ist die erste, deren Laub sich färbt und unübertroffen in ihrer herbstlichen Schönheit. Wie still es dort unten in meinem Kiefernwald ist, wo die Insekten ungestört in der warmen Luft schwärmen. Und wenn ich an den Blick denke, auf die Ebene von der Bank unter der Eiche aus, so herrlich die sanften grünen Wellen, die unter dem Nachmittagshimmel zu Gold verbrennen ... Die Falken kreisen, und die Lerchen hoch droben singen – ich dränge mich so nahe an das offene Fenster, wie ich kann, spitze die Ohren und vergesse die jungen Männer, die mir von den vielen Rennen erzählen, die ihre Pferde gewinnen, so vollständig, als existierten sie gar nicht. Ich möchte da draußen auf dem goldenen Gras liegen und aufschauen in das endlose Blau und die Ekstase ihres Gesangs in meinem ganzen Wesen spüren, und es zerreißt mir das Herz, daß ich es nicht kann. Doch die jungen Männer sind hübsch anzusehen, alle rührend liebenswürdig und viele der älteren sogar charmant – wie kommt es nur, daß ich ihnen die Lerchen so entschieden vorziehe?

Alle Ränge sind bei uns vertreten, vom unschuldigen Fähnrich, ganz Bescheidenheit und Erröten, der jedesmal, wenn sein Vorgesetzter geruht, ihm zuzutrinken, aufstehen und sein Glas leeren muß, der auf den härtesten Stühlen Platz nimmt und beim Tennis die Bälle aufsammelt, bis zum General in seiner Gloriole, dessen Verstand ihn triumphierend über alle Karrierehürden hinweggetragen hat, dessen Aussehen und Manieren so erlesen sind wie seine Fähigkeiten und der, um dem ganzen die Krone aufzusetzen, augenscheinlich die Gesellschaft von Frauen zu schätzen weiß. Ein geringerer Rang als der des Obersten kommt für mich nicht in Frage. Je tiefer man kommt, um so größer wird die Zahl der Offiziere und um so schwerer wird es, die vielversprechenden in der Menge ausfindig zu machen. Doch oberhalb der Majorsecke ist die Luft schon erheblich klarer, da hat bereits eine gnadenlose Auslese stattgefunden, und die höheren Offiziere sind schlechthin die Blüte deutscher Männlichkeit in mittleren Jahren. Was die da unten angeht – ein Leutnant ist ein gescheites und bildschönes Geschöpf, das niemanden mehr bewundert als sich selbst. Ein Hauptmann ist in der Regel jung verheiratet, sein Einkommen ist gerade hoch genug, um sich eine Ehefrau leisten zu können, und da er oft noch in sie verliebt ist, gibt er, gesellschaftlich gesehen, nicht viel her. Ein Major dagegen ist ein Mann mit einer jährlich größer werdenden Familie, für deren Ansprüche sein Verdienst nicht ausreicht, dazu ständig geplagt von der Angst, den nächsthöheren Rang nicht zu erreichen, womit seine Karriere beendet und er ärmer denn je wäre, nicht mehr jung, nur an das Soldatenleben gewöhnt und fast immer außerstande, noch einmal einen neuen Anfang zu machen. Selbst für die Kinder des Lichts ist es nicht leicht, mit über vierzig nochmals neu anzufangen und Erfolg zu haben, und der pensionierte Offizier gehört nun mal nicht zu den Kindern des Lichts. Wäre dem so, hätte man ihn nicht in den Ruhestand versetzt. Man kann ihn allenthalben antreffen, seiner glanzvollen Uniform beraubt, leicht am schlechten Sitz seiner Zivilkleider zu erkennen, umhertreibend wie ein steuerloses Schiff. Nach und nach findet er sich mit dem Unvermeidlichen ab und verbringt seine Tage in einer Wohnung im vierten Stock in einem Vorort, ißt, trinkt, schläft, liest die *Kreuzzeitung* und sonst nichts, spielt tagsüber Karten, bekommt die Gicht und macht seiner Frau Sorgen. Diejenigen, die auf Anzeigen des Grimmigen für Buchhalter und Sekretäre geantwortet haben, sind kaum zu zählen – immer vergebens, denn selbst gesetzt den Fall, sie kämen mit der Arbeit zurecht, so besäße doch kein Mensch das erforderliche Taktgefühl, mit einer so heiklen Situation fertig zu werden. Wie ich gehört habe, stellen manche optimistisch veranlagte Engländer verarmte Damen im Haushalt an. Die Fälle sind vergleichbar, und das in beiden notwendige Feingefühl grenzt schon ans Übermenschliche.

Nur mit den Generälen kann ich mich über alles mögliche unterhalten. Über was sollte ich um Himmels willen mit einem Leutnant reden? Unter keinen Umständen könnte ich die Grazie von Ballettänzerinnen oder die Verdienste eines Jockeys mit ihm erörtern, da diese Dinge für mich Staub und Asche sind. Und zwingen mich meine Pflichten als Gastgeberin, für ein paar Augenblicke mit ihm Konversation zu machen, fröstelt mich, und ich fühle mich alt. Im Vorfrühling dieses Jahres, in jenen wunderbar hoffnungsvollen Tagen, wo sich die ganze Natur im Zustand unterdrückter Erregung befindet und sich täglich das alljährlich wiederkehrende Wunder eines warmen, ein paar Stunden anhaltenden Regens ereignen kann, das die ganze Welt verändert, erhielten wir die Nachricht, daß ein Leutnant mit zwei Mann und Pferden im Anmarsch sei und für drei

Tage hier wohnen würde, weil ein paar Meilen von uns entfernt geheimnisvolle militärische Maßnahmen im Gang waren. Das kam ganz und gar ungelegen, da der Grimmige abwesend sein würde. Aber als ich ihm unbewegten Gesichts Lebewohl sagte, versuchte er mich zu trösten, daß der Leutnant den ganzen Tag nicht da und bei seiner Heimkehr so erschöpft sein werde, hier mir vermutlich also überhaupt nicht unter die Augen käme. Aber leider – ein so wenig ermüdeter, hellwacher junger Mann ist mir nie zuvor begegnet. Nicht ein einziges Mal während der drei Tage folgte er meinen drängenden Bitten, sich doch hinzulegen, und nicht einmal die verzweifelte Beredsamkeit einer Frau, die sich keinen Rat mehr wußte, konnte ihn davon überzeugen, daß er sehr müde sei und unbedingt etwas Schlaf brauchte.

Ich hatte mir vorgenommen, nicht zu Hause zu sein, wenn er ankäme, und bis zum Abendessen wegzubleiben. Aber er traf unerwartet früh ein, während die Kleinen und ich noch beim Mittagessen saßen: die Zimmertür öffnete sich, um das vollkommenste Exemplar seiner Klasse einzulassen, das ich je erblickt habe, so charmant in seiner prächtigen weißen Uniform, daß die Kinder ihn für einen Erzengel hielten, wie den, der einst Abraham und Sarah heimgesucht hatte, und sie begannen, sich flüsternd über seine Flügel zu streiten. Er sei überhaupt nicht müde nach seinem langen Ritt, erklärte er mir auf meine dringenden Fragen und verfiel sogleich in einen lockeren Plauderton, weil ihm eine längere Gesprächspause unter diesen Umständen wohl peinlich gewesen wäre. Am Nachmittag, nachdem ich ihn vergeblich beschworen hatte, sich auszuruhen, machte ich mit ihm eine Ausfahrt, und während er mir alles über seine Pferde, sein Regiment und seine Offizierskameraden erzählte, Mitteilungen, die wie kurze, heftige Schauer auf mich herunterprasselten, fragte ich mich vergnügt, was er wohl sagen würde, überfiele ich ihn plötzlich mit meinen eigenen Lieblingsthemen, bestünde darauf, ihm die Schönheit der Bäume zu zeigen, die an diesem Nachmittag erwartungsvoll dastanden, mit all ihren kleinen Knospen dem warmen Regen entgegenhofften, um in den Glanz des jungen Sommers aufzubrechen. Möglicherweise würde er mich für die deutsche Variante einer Hyäne im Rüschenrock halten – sogar die Phantasie schreckt vor einem so abstoßenden Tier zurück – oder, vielleicht nicht ganz so schlimm, doch für ein durch und durch hysterisches Wesen. Er würde sich einsam fühlen, an seine Kameraden denken und an die gemütliche Offiziersmesse, am Ende gar an seine Mutter, denn er war sehr jung und gerade erst flügge geworden. Aus diesem Grund hielt ich Frieden und beschränkte die Unterhaltung auf Militärisches, wovon ich vermutlich weniger als jede andere Frau in Deutschland verstehe, so daß meine Bemerkungen ungewöhnlich eindrucksvoll ausfielen. So redete er auf mich ein, und ich redete auf ihn ein, und beide kamen wir im Zustand tiefster Erschöpfung nach Hause zurück. Ich zumindest war mir dessen bewußt, doch brauchte ich ihn nur anzuschauen, um festzustellen, daß ihm nicht das Geringste anzumerken war. Ich begab mich nach oben in der geheimen Hoffnung, er sei doch müde, habe es nur nicht gezeigt und werde für den Rest seines Aufenthalts mein so eifrig vorgebrachtes Angebot annehmen und in seiner Freizeit im Zimmer der Ruhe pflegen.

Beim Essen waren wir ganz unter uns und wohl beide fest entschlossen, um der Dienstboten willen kein ungebührliches Schweigen aufkommen zu lassen. Ich war wirklich unglücklich und hätte lieber irgend etwas gesagt als ihm stumm gegenüberzusitzen, und mit vereinten Kräften brachten wir auch das mit Anstand hinter uns. Nach dem Essen versuchte ich es mit Klatsch und ermutigte ihn, mir ein paar Histörchen zu erzählen, doch leider verfügte er über eine widernatürlich große Zahl von Verwandten: wann immer ich einen Namen nannte, war es zufällig sein Cousin oder Schwager oder seine Tante, und er beeilte sich, mir das mitzuteilen, so daß alles, was ich zu sagen beabsichtigt hatte, sich unversehens in laute, uneingeschränkte Lobreden verwandelte. Und Leute zu loben ist wahrhaftig eine harte Arbeit, man gibt sich die größte Mühe dabei und weiß doch, man ist keineswegs überzeugend. Ist es denn nicht vielmehr so, daß es einer natürlichen Neigung entspricht, Abwesende mit Genuß in Stücke zu reißen? Um halb zehn stand ich auf, geistig und körperlich am Ende meiner Kräfte, und erklärte ihm mit Entschiedenheit, in meiner Familie sei es seit undenklichen Zeiten üblich, um zehn im Bett zu liegen, wohin ich mich jetzt also begeben werde. Er sah überrascht aus und wacher denn je, doch das konnte mich nicht erschüttern – ich ging auf und davon und ließ ihn vor dem Kamin stehen nach der bekannten Art seiner Landsleute, die nie im Traum daran dächten, einer Dame die Tür aufzuhalten.

Am nächsten Tag brach er um fünf Uhr morgens auf und sagte mir, er werde bis zum Abend wegbleiben. Beim fröhlichen Frühstück auf der Veranda fühlte ich mich wie aus dem Gefängnis entlassen. Die Sonne strömte durch das noch rankenlose Spalier auf meine kleine Mahlzeit, und der erste Kuckuck des Jahres rief aus dem Kiefernwald mir zu. An den vergangenen Abend mochte ich gar nicht denken; eigentlich hatte ich schon halb einen Plan im Kopf, nach dem Mittagessen mit den Kindern in den Wald zu gehen, Decken und Proviant mitzunehmen und bis kurz vor dem Zubettgehen einfach unsichtbar zu bleiben. Sollte nun der Erzengel gestärkt und mit neuer Lust auf Plaudereien zurückkehren, würde er den Käfig leer finden und müßte sich mit der Nachricht zufriedengeben, das Juwel sei ausgegangen. Nach dem Frühstück lief ich die Stufen hinunter in den Garten, begierig, jeder Minute das Beste abzugewinnen und kaum imstande, meine Füße vom Tanzen abzuhalten. Oh, diese Herrlichkeit eines lichten Frühlingstags ohne einen Leutnant! Und hatte je ein Tag so hoffnungsvoll angefangen, so voll von Versprechungen, die kommenden Stunden in der rechten Weise zu verbringen, mit Frühstück im Garten, ganz allein mit der Teekanne und einem Buch! Alle Spinnweben, die noch von gestern deine Seele umhüllten, werden mit erstaunlicher Geschwindigkeit und Gründlichkeit abgeschüttelt. Nie schmecken Tee und Toast so gut wie draußen in der Sonne; nie war ein Buch so klug und so eindringlich wie das, was jetzt vor dir liegt; nie fühltest du dich so sauber, innen und außen, wie heute, wo du deinen Tag so glücklich beginnen kannst! Leichtfüßig über den Gartenweg tänzelnd, fand ich schließlich sogar Leutnants amüsant. Es war ja gar nicht so schlimm, er würde bis zur Dunkelheit fortbleiben, wahrscheinlich morgen auch. Ich würde nachmittags aufbrechen und so spät zurückkommen, daß ich ihn den ganzen Tag nicht zu sehen kriegte – vielleicht, falls die Vorsehung mir gewogen war, überhaupt nie wieder. Und diese letzte Überlegung versetzte mich in so gute Laune, daß ich laut zu singen anfing. Aber er kam schon zurück, als wir gerade mit dem Mittagessen fertig waren.

»Der Herr Leutnant ist hier«, verkündete das Dienstmädchen, »er geht nur noch eben die Hände waschen. Der Herr Leutnant hat noch nicht zu Mittag gegessen, er wird in ein paar Minuten unten sein.«

»Ich möchte sofort den Wagen«, befahl ich – ich konnte und wollte nicht noch einen Nachmittag tête-à-tête mit diesem jungen Mann verbringen, »und du sagst bitte dem Herrn Leutnant, es tut mir sehr leid, aber ich mußte weg, ich habe dem Pastor versprochen, ihn heute mit den Kindern zu besuchen. Sieh zu, daß er alles hat, was er braucht.«

Ich raffte meine Kinderlein zusammen und floh. Den Herrn Leutnant konnte ich oben poltern hören – es war kein Moment zu verlieren. Dem Mädchen sah man deutlich an, es glaubte die Geschichte mit dem Pastor nicht, und die Kleinen schauten verwundert zu mir auf. Was wird aus einer Frau, die man in die Ecke treibt? In den Ecken haust der Geist der Lüge – zweifellos der richtige Platz für eine so ungebärdige Person.

Wir rannten hinauf, um uns fertigzumachen. Nur noch ein paar Stufen, auf denen ich dem Leutnant begegnen konnte, dann waren wir in Sicherheit; aber auf diesen Stufen liefen wir ihm in die Arme. Er war eilig auf dem Weg nach unten, seinen Schnurrbart ein letztes Mal zwirbelnd, und sah frischer, strahlender, hübscher aus denn je.

»O guten Morgen, Sie sind früher zurück als Sie gedacht haben, oder nicht?« sagte ich verlegen.

»Ja, ich habe meine Aufgaben schnell erledigt«, antwortete er mit einer Munterkeit, die mein Mißfallen erregte.

»Aber Sie sind so früh aufgestanden. Sie müssen sehr müde sein?«

»Ach, nicht im mindesten, danke.«

Darauf wiederholte ich meine Geschichte vom Pastor, der uns erwartete und fühlte mich noch schuldiger, als ich betonte, unsere Expedition sei leider nicht zu verschieben, wir hätten sie schon seit Wochen geplant. April und Mai standen oben auf dem Treppenabsatz und hörten erstaunt zu, und Juni, offensichtlich auf der Suche nach Federn, betrachtete, eine Stufe über ihm stehend, eingehend seine Schultern. Und so fuhren wir weg und überließen es ihm, zu denken, was er wollte, zu rauchen, zu schlafen oder herumzuschlendern. Ich konnte nicht umhin anzunehmen, auch er sei erleichtert, mich loszusein. Doch am Nachmittag zogen Wolken auf, und mit ihnen kam ein scharfer Wind, es wurde sehr kalt im Wald, und die Kinder begannen zu niesen und fragten, wo denn der Pastor wäre, und schließlich, nachdem wir viele Meilen zurückgelegt hatten, sagte ich, es sei zu spät, den Pastor zu besuchen, wir würden jetzt nach Hause fahren. Wie ärgerlich war es, gezwungen zu sein, im unwirtlichen Wald herumzustreifen und unser gemütliches Zuhause zu verlassen wegen eines Leutnants, und auf dem Rückweg war ich wirklich böse auf ihn.

Der zweite Abend war, wie sich herausstellte, noch viel schlimmer als der erste. Wir hatten uns alles gesagt, was uns einfallen konnte und alle unsere Verwandten so aufrichtig hochleben lassen, daß dem nichts hinzuzufügen war. Ich saß, lauschte auf das Ticken der Uhr und stellte Fragen über Dinge, von denen ich beim besten Willen nichts wissen wollte, wie Dienst, Verpflegung und Sold der Soldaten in seinem Regiment, und endlich – wir hatten so früh gegessen, wie es auf dem Lande Sitte ist – schlug die Uhr acht. Konnte ich um acht zu Bett gehen? Nein, dazu hatte ich nicht den Mut, und es fiel mir auch keine passende Entschuldigung ein. Wieder das endlose Ticken, wieder das Frage- und Antwortspiel über Verpflegung und Tonpfeifen. Diese Uhr! Was äußerste Faulheit und sture Bedächtigkeit anging, hatte sie sicher nicht ihresgleichen – für eine halbe Stunde brauchte sie länger als jede Uhr, die mir je untergekommen ist –, doch schließlich war es soweit: sie schlug. Konnte ich gehen? Wirklich? Nein, immer noch keine Ausrede bei der Hand. Von den Tonpfeifen gerieten wir in eine Diskussion über Fahrradfahren bei Frauen, ein unerfreuliches Thema. Stand es ihnen gut? Schadete es ihrer Gesundheit? Gehörte es sich für Damen? Sollte man dazu Röcke tragen oder...? In Paris trugen alle... Hierzulande war man so hervorragend erzogen, daß man sich unter keinen Umständen dazu bringen konnte, mit einem jungen Mann über gewisse Kleidungsstücke zu sprechen – um dergleichen anzudeuten, bedienen wir uns einer vielsagenden Pause und senken diskret die Lider. Die Uhr schlug neun. Nun konnte mich nichts mehr aufhalten. Ich sprang auf die Füße und verkündete, ich sei über alle Maßen erschöpft vom Fahren in der kräftigen Luft, und immer, wenn ich einen Nachmittag draußen verbracht hätte, sei es meine Gewohnheit, eine halbe Stunde früher als sonst schlafen zu gehen. Wieder sah er verwundert drein, allerdings weniger als am Abend zuvor – ich glaube, er fing an, sich an meine Schrullen zu gewöhnen. Ich zog mich zurück, fest entschlossen, nicht noch einen solchen Tag zu erleben und am Morgen sehr krank zu sein, nicht aufstehen zu können, denn er hatte beiläufig bemerkt, er habe morgen den ganzen Tag frei. Und ich bliebe im Bett, der letzten Zuflucht der Elenden, solange er noch hier war.

Bis spät saß ich am Fenster meines Zimmers, schaute hinaus auf das Mondlicht im stillen Garten, mit einem Gefühl, als sei ich mit Sägespänen ausgestopft, und dachte trübselig an den Tag, der so strahlend begonnen hatte und so abscheulich endete. Wie unerträglich, nicht einfach offen und ehrlich sagen zu können: »Mein guter junger Mann, Sie und ich, wir haben uns vorher nie getroffen und werden uns höchstwahrscheinlich auch nie mehr wiedersehen, und wir haben keinerlei gemeinsame Interessen. Also ist es besser, wir gehen uns aus dem Weg, solange es Ihre Pflicht ist, hier zu verweilen. Sie sollen es in meinem Haus behaglich haben, aber ich will auch meine Ungebundenheit. Tun Sie, was Sie wollen, gehen Sie, wohin Sie wollen, aber erwarten Sie nicht von mir, daß ich mit Ihnen zusammensitze und mich in seichtem Gerede ergehe. Auch ich will in den Himmel kommen und habe keine Zeit zu verschenken. Sie werden mich nicht mehr wiedersehen. Leben Sie wohl.«

Ich glaube, so manche überforderte Hausfrau würde viel darum geben, eine solche Rede zu halten, wenn diese jungen Männer bei ihr auftauchen, und die jungen Männer selbst wären womöglich auch dankbar dafür. Doch einfach und offen zu sein, scheint es, geht den meisten Leuten über ihre Kräfte. Von allen Tugenden ist Einfachheit diejenige, die ich am meisten schätze. Und sicher ist sie auch die liebenswerteste, unsäglich kostbar wegen ihrer Macht, jene Berge von uns abzurücken, die unser Leben einengen und uns die Sicht auf den Himmel versperren. Wenn wir ihn nicht haben, den schlichten Geist kleiner Kinder, werden wir, das ist gewiß, niemals unser himmlisches Königreich entdecken.

Das waren so meine Grübeleien und noch viele andere dazu, als ich in dieser kalten Frühlingsnacht betrübt am Fenster saß, lange nachdem der Leutnant, der die Ursache dafür war, friedlich auf der anderen Seite des Hauses schlummerte. Der Gedanke an den nächsten Tag, die erzwungene Bettruhe, die Schüsseln mit Haferschleim, die ich irgendwie beiseite schaffen mußte, sollten die Dienstboten an mein Kranksein glauben – das alles bereitete mir Kopfschmerzen. Man muß schon tief sinken, um Haferschleim *pour la galérie* zu essen – eine tiefere Demütigung ist kaum vorstellbar. Und dann, gerade als mir einfiel, wie tief verhaßt mir Haferschleim war, plötzlich das Geräusch von Rädern, die um die Hausecke rollten, allerhand Geratter und Getrampel in der stillen Nacht auf den Steinstufen, und als ich das Fenster weiter aufriß und mich hinauslehnte, erschien vor meinen beglückten Augen in himmlisches Licht getaucht, in einer Bahnhofsdroschke sitzend, der Grimmige, der unerwartet zu meiner Rettung heimgekehrt war.

»O lieber Grimmiger«, rief ich, die Arme weit hinaus in den Mondschein gestreckt, »wieviel netter seid Ihr doch als alle Leutnants der Welt! Nie habe ich Euch mehr vermißt – nie habe ich Euch mehr geliebt – kommt herauf, so schnell Ihr könnt und laßt Euch küssen!«

1. Oktober.

Gestern abend nach dem Essen, als wir in der Bibliothek saßen, sagte ich: »Hör mir zu, Grimmiger.«

»Nun?« fragte er, als ich vor ihm stand, aus den Tiefen seines Sessels zu mir aufschauend.

»Weißt du eigentlich, daß du als Prophet ein Versager bist? Heute vor fünf Monaten hast du dich inmitten des Goldlack lustig gemacht über die Idee, ich könnte den ganzen Sommer vergnügt hier allein genießen. Ist der Sommer vorbei?«

»Ja«, gab er zu, denn man hörte den Regen an die Fenster trommeln.

»Und habe ich jemanden eingeladen?«

»Nein, aber all die Offiziere waren da.«

»Die haben überhaupt nichts damit zu tun.«

»Sie haben dir über zwei Wochen hinweggeholfen.«

»Haben sie nicht. Es waren zwei schreckliche Wochen.«

»Und, was weiter?«

»Du sagtest, zur Strafe würde ich ganz eigenbrötlerisch werden. Bin ich das geworden?«

»Meine Liebe, falls du es wirklich gewesen wärest, würdest du es je zugeben?«

»Das ist wahr. Aber laß mich dir mitteilen, daß ich nie einen gücklicheren Sommer verbracht habe.«

Er warf mir nur einen Blick aus dem Augenwinkel zu.

»Wenn ich mich recht erinnere«, sagte er nach einem kurzen Schweigen, »war der Hauptgrund für dein Verlangen nach Einsamkeit der Wunsch, deiner Seele Zeit zum Entfalten zu geben. Darf ich fragen, ob sie sich entfaltet hat?«

»Kein bißchen.«

Er lachte, stand auf und stellte sich zu mir ans Feuer.

»Wenigstens bist du ehrlich«, und er zog meine Hand durch seinen Arm.

»Das ist eine schätzenswerte Tugend.«

»Und überaus selten bei einer Frau.«

»Nun laß mal die Frau aus dem Spiel. Ich habe festgestellt, daß du in Wirklichkeit überhaupt nichts von ihr weißt. Aber *ich* weiß alles über sie.«

»Meinst du? Mein Liebes, eine Frau ist nie in der Lage, andere Frauen zu beurteilen.«

»Eine veraltete Tradition, liebster Weiser.«

»Ihre Meinung beruht notwendigerweise auf Vorurteilen.«

»Verwerflicher Unfug, lieber Weiser.«

»Weil eine Frau die natürliche Feindin der anderen ist.«

»Überflüssiges Geschwätz, bester Weiser.«

»Dann sag mir, was du von ihnen hältst?«

»Na, sie sind einfach rundum liebenswert, und du solltest glücklich und dankbar sein, eine von ihnen immer in deiner Nähe zu haben.«

»Bin ich das denn nicht?« fragte er, legte den Arm um mich und sah mich liebevoll an; und wenn einer mich liebevoll anblickt, höre ich sofort auf, mich weiter mit ihm auseinanderzusetzen.

Und so versinken der Grimmige und ich in Dämmerung und Schweigen, mein Kopf ruht an seiner Schulter, und er hat seinen Arm um meine Taille geschlungen. Und was könnte, bitte, noch passender, noch lobenswerter oder noch malerischer sein?

Zu dieser Ausgabe

insel taschenbuch 2375: Originaltitel: The Solitary Summer. Erstveröffentlichung: London 1899. Der Text der vorliegenden Ausgabe folgt dem Band: Elizabeth von Arnim. Einsamer Sommer. Roman. Aus dem Englischen von Leonore Schwartz. Insel Verlag Frankfurt am Main und Leipzig 1994. Umschlagabbildung: Philip Leslie Hale, Die rote Kletterrose. 1908. The Pennsylvania Academy of the Fine Arts, Philadelphia. Joseph E. Temple Fund.

Das schöne insel taschenbuch in großer Schrift

it 2323

Isabel Allende
Das Geisterhaus
it 2341

Elizabeth von Arnim
Elizabeth und ihr
Garten
it 2338

Elizabeth von Arnim
Verzauberter April
it 2346

Emily Brontë
Die Sturmhöhe
it 2348

Hans Carossa
Eine Kindheit
it 2345

it 2332

Das schöne insel taschenbuch in großer Schrift

it 2328

it 2344

Dostojewski
Der Spieler
it 2350

Gustave Flaubert
Ein schlichtes Herz
it 2314

Theodor Fontane
Effi Briest
it 2340

Fröhlicher Advent
it 2356

Hermann Hesse
Jahreszeiten
it 2339

Hermann Hesse
Jedem Anfang wohnt
ein Zauber inne
2357